Harry Potter
哈利波特
魔法圖鑑
WIZARDING ALMANAC

林靜華─譯

Crown Publishing Company

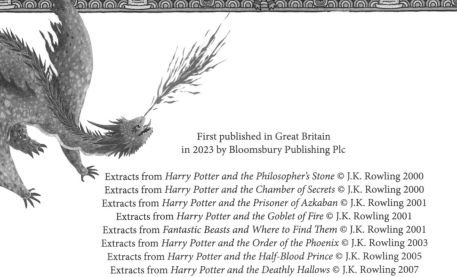

First published in Great Britain
in 2023 by Bloomsbury Publishing Plc

Extracts from *Harry Potter and the Philosopher's Stone* © J.K. Rowling 2000
Extracts from *Harry Potter and the Chamber of Secrets* © J.K. Rowling 2000
Extracts from *Harry Potter and the Prisoner of Azkaban* © J.K. Rowling 2001
Extracts from *Harry Potter and the Goblet of Fire* © J.K. Rowling 2001
Extracts from *Fantastic Beasts and Where to Find Them* © J.K. Rowling 2001
Extracts from *Harry Potter and the Order of the Phoenix* © J.K. Rowling 2003
Extracts from *Harry Potter and the Half-Blood Prince* © J.K. Rowling 2005
Extracts from *Harry Potter and the Deathly Hallows* © J.K. Rowling 2007

Text and Illustrations copyright © J.K. Rowling 2023
Illustrations by Peter Goes, Louise Lockhart, Weitong Mai, Olia Muza,
Pham Quang Phuc, Levi Pinfold and Tomislav Tomic

Wizarding World TM & © Warner Bros. Entertainment Inc.
Wizarding World characters, names and related indicia are
TM and © Warner Bros. Entertainment Inc.
Wizarding World Publishing Rights © J.K. Rowling

Complex Chinese translation edition © 2023 by Crown Publishing Company Ltd.
All rights reserved.

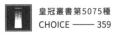

皇冠叢書第5075種
CHOICE —— 359

哈利波特魔法圖鑑
Harry Potter Wizarding Almanac

原作—J.K. 羅琳
繪者—彼得‧高斯、露易絲‧洛克哈、麥瑋桐、
奧莉亞‧慕薩、范光福、李維‧平弗德、托米斯
拉夫‧湯米克
譯者—林靜華
發行人—平雲
出版發行—皇冠文化出版有限公司
台北市敦化北路120巷50號
電話—02-27168888　郵撥帳號—18999606號
皇冠出版社（香港）有限公司
香港銅鑼灣道180號百樂商業中心19字樓1903室
電話—2529-1778　傳真—2527-0904
總編輯—許婷婷
責任編輯—蔡承歡　美術設計—嚴昱琳
著作完成日期—2023年　初版一刷日期—2023年10月

法律顧問—王惠光律師
有著作權‧翻印必究
如有破損或裝訂錯誤，請寄回本社更換
讀者服務傳真專線—02-27150507　電腦編號—375359
ISBN 978-957-33-3974-8
本書定價—新台幣999元/港幣333元

哈利波特中文官方網站　www.crown.com.tw/harrypotter
皇冠讀樂網　www.crown.com.tw
皇冠 Facebook　www.facebook.com/crownbook
皇冠 Instagram　www.instagram.com/crownbook1954/
皇冠蝦皮商城　shopee.tw/crown_tw

J.K. 羅琳

哈利波特系列
官方魔法叢書

Harry Potter

哈利波特
魔法圖鑑

WIZARDING ALMANAC

◦彼得‧高斯◦露易絲‧洛克哈◦

◦麥瑋桐◦奧莉亞‧慕薩◦

◦范光福◦李維‧平弗德◦

◦托米斯拉夫‧湯米克◦

插畫

露易絲・洛克哈

彼得・高斯

麥瑋桐

范光福

奧莉亞・慕薩

李維・平弗德

托米斯拉夫・湯米克

露易絲 · 洛克哈
LOUISE LOCKHART

露易絲·洛克哈曾就讀於格拉斯哥藝術學院，目前是獨立插畫家和版畫家，主要於英國活動。露易絲的藝術風格受她對短時效復古風印刷和明亮、大膽色彩的偏好影響。花點時間先品嘗霍格華茲特快車推車上令人垂涎的糖果與點心，接著再欣賞她精采的飛天掃帚與華麗的聖誕舞會禮袍。

范光福
PHAM QUANG PHUC

范光福是一位來自越南的兒童讀物插畫家，畫風豐富多彩，裝飾性濃厚。他為許多書籍畫過插圖，認為說故事是他平衡生活的一個方式。除了插畫獎項之外，光福還是東南亞國協兒童圖書插畫家最佳小說獎得主。找出他極精采的魔法地圖，高貴的魁地奇冠軍選手，和騰空而起的噴火龍。

彼得 · 高斯
PETER GOES

彼得·高斯是一位自由藝術家與繪本插畫家，現居比利時。他擔任過舞台監督，並在根特皇家美術學院（KASK）研習過動畫。彼得以難以置信的繁複筆觸組合頑皮的女巫、巫師和魔法生物。仔細探究他令人驚歎的古靈閣巫師銀行，安靜而神妙的劫盜地圖，以及霍格華茲圖書館驚人的藏書。

奧莉亞 · 慕薩
OLIA MUZA

奧莉亞·慕薩出生於烏克蘭的烏曼，學習平面設計之後，她找到她對書籍插畫的熱情，從此義無反顧。奧莉亞是位出色的說故事者，創作出有趣、神奇，甚至混亂的作品。她邀請你探索她筆下令人目眩神迷的魔法世界，笑看衛氏巫師法寶店失控的惡作劇，並同享霍格華茲的聖誕精神。

托米斯拉夫 · 湯米克
TOMISLAV TOMIĆ

托米斯拉夫·湯米克目前與家人定居克羅埃西亞。他畢業於薩格勒布美術學院。他一直很喜歡畫繪本，中學時代已有作品出版。托米斯拉夫擅長創作精美而細膩的鋼筆墨水畫，讓讀者看到許多隱藏著魔法的地方。探訪他筆下精采的洞穴屋、古里某街十二號，以及鄧不利多的辦公室。

麥瑋桐
WEITONG MAI

麥瑋桐是加拿大華裔藝術家，現居倫敦。她曾多次獲獎，目前在創作藝術大學擔任客座講師。瑋桐以柔和、豐富、獨特的色調，呈現魔藥沸騰時的煙霧與靈動的魔杖魔法。探索她的藥房貨架、沉睡的魔蘋果，以及她迷人的魔法藏品，這些物品小到可以裝進巫師的口袋。

李維 · 平弗德
LEVI PINFOLD

李維·平弗德從他有記憶以來一直在以想像力作畫。他已出版多本廣受好評的書籍，是久負盛名的CILIP 凱特·格林威獎章得獎人。他出生於迪恩森林，目前居住在澳洲新南威爾士北部。看看李維的騎士公車顛簸穿行於多霧的倫敦，探究霍格華茲學院的交誼廳，一窺禁忌森林的荊棘與灌木叢。

CONTENTS

① 那些活下來的 女巫和巫師

② 運動、人們和一切魔法 或簡寫成 S、P、E、W、

③ 迷人的空間與奇特的地方

阿不思·
鄧不利多

4 霍格華茲的邀請

5 咒語、符咒與不赦咒

6 管理魔法與 具影響力的組織

7 怪獸、靈性生物 與植物

魔法界大事紀

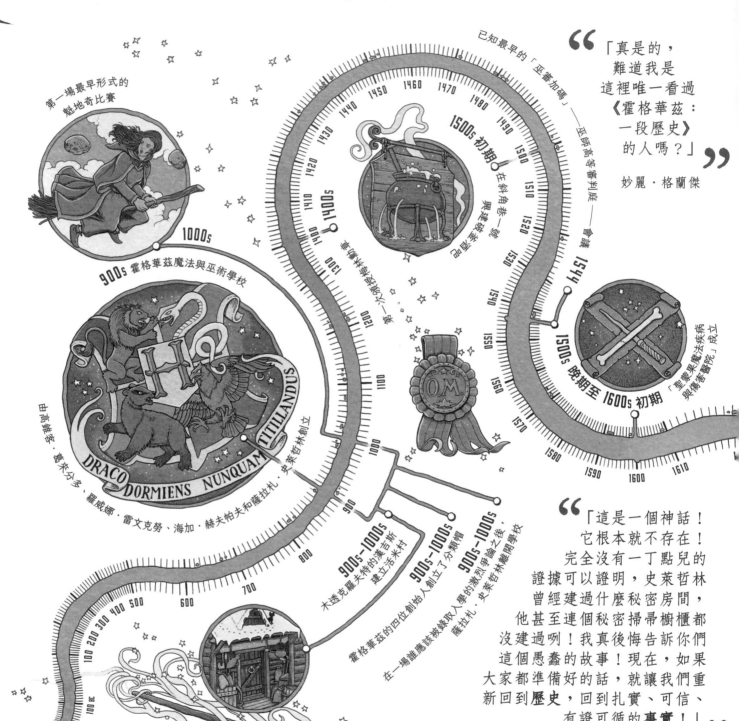

「真是的，
難道我是
這裡唯一看過
《霍格華茲：
一段歷史》
的人嗎？」

妙麗·格蘭傑

第一場最早形式的魁地奇比賽

已知最早的「巫審加碼」——巫師高等審判庭——集會

1500s 初期

在斜角巷一間商家率被冊封

1544年

1400s

1000s

900s 霍格華茲魔法與巫術學校

第一次頒授梅林勳章

1500s 晚期至 1600s 初期

「聖蒙果魔法疾病與傷害醫院」成立

由高錐客·葛來分多、羅威娜·雷文克勞、海加·赫夫帕夫和薩拉札·史萊哲林創立

DRACO DORMIENS NUNQUAM TITILLANDUS

900s~1000s 木透克羅夫特的漢吉斯建立活米村

900s~1000s 霍格華茲的四位創始人創立了分類帽

900s~1000s 薩拉札·史萊哲林離開學校 在一場誰需該被綠取入學的激烈爭論之後

西元前382 奧利凡德家族開始製造魔杖

「這是一個神話！
它根本就不存在！
完全沒有一丁點兒的
證據可以證明，史萊哲林
曾經建過什麼秘密房間，
他甚至連個秘密掃帚櫥櫃都
沒建過咧！我真後悔告訴你們
這個愚蠢的故事！現在，如果
大家都準備好的話，就讓我們重
新回到歷史，回到扎實、可信、
有證可循的事實！」

魔法史 丙斯教授

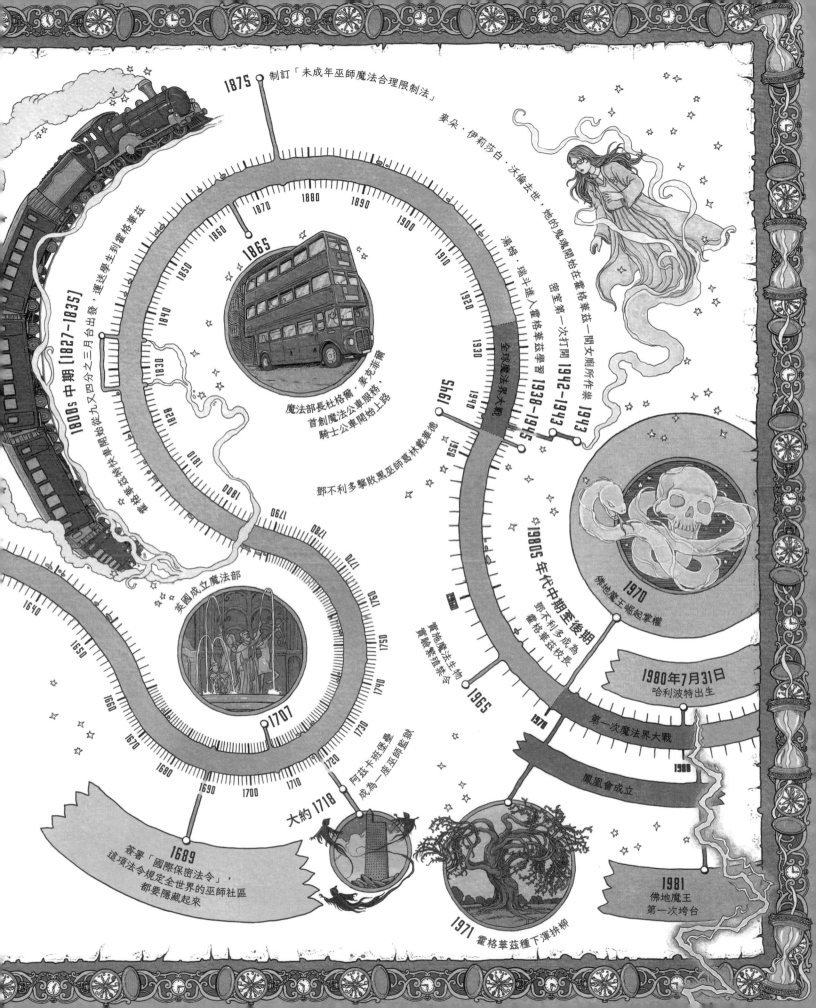

1875 制訂「未成年巫師魔法合理限制法」

麥朵·伊莉莎白·沃倫去世，她的鬼魂開始在霍格華茲一間女廁所作祟

湯姆·瑞斗進入霍格華茲學習 1938-1943

密室第一次打開 1942-1943

[1800s 中期 (1827-1835)] 霍格華茲特快車開始從九又四分之三月台出發，運送學生到霍格華茲

1865 魔法部長杜格爾·麥克菲爾，首創魔法公車服務，騎士公車開始上路

全球魔法界大戰

鄧不利多擊敗黑巫師葛林戴華德

英國成立魔法部

1980S 年代中期至後期 鄧不利多成為霍格華茲校長

佛地魔王崛起掌權 1970

1980年7月31日 哈利波特出生

第一次魔法界大戰

1707

1965 實施魔法生物 實驗繁殖禁令

鳳凰會成立

阿茲卡班堡壘成為一座巫師監獄 大約 1718

1689 簽署「國際保密法令」，這項法令規定全世界的巫師社區都要隱藏起來

1971 霍格華茲種下渾拚柳

1981 佛地魔王第一次垮台

哈利發現自己是個巫師 **1991年7月31日** 古靈閣銀行713號金庫遭人闖入,但沒有任何東西被偷走

1991年 1991 5月 1991 6月 1991 7月 1991 8月 1991 9月

1991年9月1日

哈利波特抵達霍格華茲

1991 4月 1991 3月 1991 2月 1991 1月

1991 10月 1991 11月 1991 12月

康尼留斯·夫子成為魔法部長

1992

1990 **1990**

1989

1988

1987

1986

1985

1984

1983

1981 1982

1981 哈利被送到水蠟樹街

> **「我們現在需要的,」**
> 鄧不利多緩緩表示,
> 而他那淡藍的雙眼
> 自哈利移到妙麗身上,
> **「是更多的時間。」**

佛地魔王再度
現身魔法世界

1992

1992 密室第二次打開

1993

預言家日報
世界巴圈·古露

布萊克依然在逃

天狼星·布萊克逃出阿茲卡班

195

「該來的總是會來的，
來了我們再想辦法
去應付，
這不就結了。」

魯霸・海格

1998

霍格華茲大戰 1998

1997~1998 派西思・希克泥成為魔法部長

1997年7月31日 哈利十七歲生日

佛地魔王東山再起 1995

1997

1995 阿不思・鄧不利多再度召集鳳凰會

1995 桃樂絲・恩不里居成為霍格華茲總察

1996 盧夫・昆爵成為魔法部長

第二次魔法界大戰

1996

1996 阿茲卡班囚犯大規模越獄脫逃

1995

1994 三巫鬥法大賽在霍格華茲舉行

第422屆魁地奇世界盃比賽舉辦

1994

1994

那些
活下來的
女巫和巫師

許多人在哈利波特的命運中扮演著重要角色。探索「那個活下來的男孩」獨特的生命旅程：難忘的第一次相遇、忠誠的守護者，與一輩子的關係。認識榮恩・衛斯理、妙麗・格蘭傑及其他盟友，並且和「那個不能說出名字的人」面對面。探索巫師家庭與友誼之間失去或獲得的連結，而且記住，還有比書本和聰明才智更重要的東西。

住處
薩里郡小惠因區
水蠟樹街四號

> 「大家都覺得我很特別……可是我根本就完全不懂魔法。他們怎麼能期待我會有什麼了不起的成就呢？我很有名，可是那些讓我出名的事情，我甚至連一點都記不得。」

> 「去去，武器走！」

眼睛的顏色
綠色

魔杖
鳳凰尾巴羽毛，
冬青木，
11吋

光輪兩千

> 「哈利──你是一個巫師。」
> 魯霸·海格

特殊技能
❦ 霍格華茲近百年來最年輕的搜捕手（葛來分多隊）
❦ 會說爬說語
❦ 黑魔法防禦術

護法
雄鹿

哈利無意中展現的魔法

❦ 他的頭髮在一夜之間恢復長度
❦ 跳到麻瓜學校的屋頂上
❦ 把老師的假髮變成藍色
❦ 讓他難看的套頭毛衣縮小
❦ 讓蟒蛇展示櫃的玻璃消失
❦ 使一只葡萄酒杯破碎
❦ 讓瑪姬·德思禮漲成一個大氣球
❦ 「呼呼，前咒現」，符咒倒轉效應

火閃電

幻形怪
催狂魔

嘿美

> 「你今晚展現出
> 遠超過我期望的
> 超凡勇氣。」

阿不思・鄧不利多

哈利・詹姆・波特

生日 1980 年 7 月 31 日　**霍格華茲學院** 葛來分多

> 「全都是麻煩自己來找上我。」

> 「我什麼時候去找過麻煩……全都是麻煩自己來找上我。」

準里郡小惠因區
水蠟樹街四號
樓梯下的碗櫥
哈利波特先生收

劫盜地圖

又被稱為
那個活下來的男孩
被選中的人
頭號不受歡迎人物
剝皮（跩哥・馬份和皮皮鬼）

> 「你不能傷害哈利波特！」
> 家庭小精靈多比

隱形斗篷

家庭
詹姆・波特（父親・巫師）、**莉莉・波特**（母親・女巫）、
天狼星・布萊克（教父・巫師）、**佩妮・德思禮**（阿姨・麻瓜）、
威農・德思禮（姨丈・麻瓜）、**達力・德思禮**（表哥・麻瓜）

霍格華茲
魔法與巫術學院

校長：阿不思·鄧不利多

（第一級梅林勳章、大魔法師、巫審加碼首席魔法師、

國際巫師聯盟主席。）

親愛的波特先生：

我們很榮幸能在此通知你，
你已獲准進入霍格華茲魔法與巫術學院就讀。
隨信附上一張必要書籍與用具的清單。
學期預定九月一日開始。
我們會在七月三十一日前，靜候你的貓頭鷹帶來回音。

你誠摯的，
副校長 麥米奈娃

Minerva McGonagall

大海
岩石上的小屋
地板上
哈利波特先生收

寇克漫斯
鐵路風景旅館
十七號房
哈利波特先生收

親愛的鄧不利多先生：
已經把信交給哈利，
明天會帶他去買他要用的東西。
天氣糟透了，希望你一切平安。
海格

薩里郡小惠因區
水蠟樹街四號
最小的房間
哈利波特先生收

18

收拾行囊去霍格華茲

王十字車站

霍格華茲特快車

月台

9¾

九月一日
十一點

> "哈利從口袋掏出羊皮紙信封。
> 「很好，」海格說，
> 「裡面有一張
> 必備物品清單。」"

一年級新生
將會需要：

三套
素面工作袍（黑色）

一頂白天戴的
素面尖帽（黑色）

一組黃銅天平

一副望遠鏡

一根魔杖

一個大釜
（白鑞製，
標準尺寸二）

學生尚可攜帶
一隻貓頭鷹
或是貓
或是 蟾蜍

一組玻璃
或是
水晶的小藥瓶

請注意
學生的所有衣物
都應縫上名牌

一雙防護用手套
（龍皮或類似材質）

一件冬天穿的斗篷
（黑色，銀扣銀帶）

在此特別提醒家長，
一年級新生 **不得** 擁有
自己的飛天掃帚。

19

課本
所有學生都應準備
下列用書：

《標準咒語·初級》，
米蘭達·郭汐客著

《魔法史》，芭蒂達·巴沙特著

《魔法理論》，阿達柏·瓦夫林著

《初學者的變形指南》，
墨瑞克·思為奇著

《一千種神奇藥草與蕈類》，
費麗·斯波兒著

《魔法藥劑與藥水》，
雅森尼·吉格爾著

《怪獸與牠們的產地》，
紐特·斯卡曼德著

《黑暗力量：自衛指南》，
昆丁·特林保著

參閱第72頁去斜角巷找尋你需要的一切 ➡

家庭、朋友與
一輩子的關係

樓梯下的碗櫥

開始

20

新朋友
與盟友

西追·迪哥里

小仙女
東施

賽佛勒斯·
石內卜

喬治
衛斯理

奈威·
隆巴頓

查理
衛斯理

雷木思·
路平

麥奈娃

露娜·
羅古德

守護著他

第二次
相遇

歡迎來到
魔法世界

威農

德思禮

天狼星
布萊克

阿不思·
鄧不利多

妙麗·
格蘭傑

張秋

榮恩·
衛斯理

魯霸·
海格

詹姆·波特

哈利

花兒‧戴樂古

茉莉‧衛斯理

霍格華茲教授們

弗雷‧衛斯理

黑美

凡妮思禮

高錐客洞

榮力‧衛思禮

莉莉‧波特

水蠟樹街

派西‧衛斯理

蓋瑞‧奧利凡德

比爾‧衛斯理

妙麗‧格蘭傑

金利‧帕娜芽萊

西碧‧崔老妮

崔佛‧馬份

多比

阿拉特‧穆迪「瘋眼」

金妮‧衛斯理

羅琴‧衛斯理

霍格華茲

波特

榮恩·畢流斯·衛斯理

生日 1980 年 3 月 1 日　霍格華茲學院 葛來分多

" 「千萬別讓那些蠢瓜影響你的心情！」"

榮恩的第二根魔杖
（獨角獸毛，柳木，
14 吋）

幻形怪
蜘蛛

豬水鳧

魁地奇球隊
查德利砲彈隊

又被稱為
榮恩（朋友）
榮納德（老師、權威人士、牡丹姑婆、喬治、露娜、羅古德、災來耶·史密）
小榮榮（弗雷與喬治）
榮尼（茉莉、弗雷與喬治）
餵你（多比）
榮榮（文妲·布朗）
溶泥·哇吱哩
（拼字校正筆寫錯字）
榮──恩──衛──斯──理
你──這──個──徹──頭──徹──尾──的
大──混──蛋──
（妙麗·格蘭傑）

住處
洞穴屋

使用的舊東西
🔥 派西的老鼠斑斑
🔥 查理的魔杖
🔥 比爾的校袍
🔥 查理的大釜
🔥 查理的飛天掃帚

" 「而且從現在開始，
我也不必在乎那些茶葉會拼出什麼
『去死，榮恩，去死』──
我就直接倒進垃圾桶，
那才是真正屬於它們的地方。」"

父母親

亞瑟‧衛斯理（父親‧巫師，在魔法部麻瓜人工製品濫用局上班）、茉莉‧衛斯理（母親‧女巫）

兄弟姊妹

比爾（古靈閣銀行解咒師）、查理（在羅馬尼亞研究龍）、派西、弗雷、喬治、金妮

「看在梅林最寬鬆的三角內褲分上，妳到底在幹什麼？」

「這是下棋啊！」榮恩吼道，「你總得做某些犧牲！我會走過去，讓她吃掉我──這樣你們才能對白國王喊將軍啊，哈利！」

魔杖

最初使用查理的舊魔杖（獨角獸毛，梣木，12吋）

「你滾去吃蛞蝓吧，馬份。」

嗜好

巫師棋和魁地奇

愛蓓

護法

英國小獵犬

斑斑

學業成就

⚜ 級長
⚜ 魁地奇守門手（葛來分多隊）
⚜ 學校特殊貢獻獎

23

妙麗・珍・格蘭傑

生日 1979年9月19日　霍格華茲學院 葛來分多

又被稱為

喵哩（呱啦）

萬事通（榮恩・衛斯理）

格蘭特小姐（丙斯教授）

妙——哩——哩（維克多・喀浪）

父母親

格蘭傑先生
（父親・麻瓜・牙醫）、

格蘭傑太太
（母親・麻瓜・牙醫）

嗜好

閱讀、研究、
小精靈福進會
（小精靈福利促進協會）

24

> 「我！靠書本啦！小聰明啦！
> 但還有一些東西更重要——
> 友愛和勇氣還有——
> 喔，哈利——
> 千萬小心！」

鄧不利多的軍隊
加隆

> 「溫——呣——癲，啦唯——啊——薩……」

> 「不要因為你只有
> 一小茶匙量的情緒，
> 就以為我們都和
> 你一樣！」

護法

水獺

小精靈
福利促進
協會

> **「衝衝攻！」**門口忽
> 然傳來尖銳的叫喊。哈利
> 立刻轉身，發現妙麗一臉憤
> 怒地用魔杖指著榮恩，一小群
> 金絲雀有如巨大連發的金色子
> 彈往榮恩身上撲去……

妙麗在霍格華茲的
違規紀錄

- 進入四樓走廊禁區

- 在石內卜教授的袍子上點火

- 將一隻非法飼養的龍
  偷偷運出學校

- 熬煮與使用變身水

- 從石內卜教授的私人儲藏櫃偷
  拿魔藥材料

- 對石內卜教授施展繳械咒

- 把沒有登記的化獸師
  麗塔‧史譏關在一個罐子裡

- 創立（但沒有命名）
  鄧不利多的軍隊

- 對寇馬‧麥拉施迷糊咒

> **「我們很可能因此沒命——**
> **或者更糟，被趕出校門。**
> **現在，要是你們不介意，**
> **我要上床去睡覺了。」**

魔杖
龍心弦，藤木，
10¾吋

眼睛顏色
棕色

霍格華茲：一段歷史

古代神秘符文探索

歪腿

25

現形擦

露娜・羅古德

生日 1981 年 2 月 13 日　**霍格華茲學院** 雷文克勞

> 「你的神志跟我一樣清楚。」

嗜好
閱讀
《謬論家》雜誌

奶油啤酒
軟木塞項鍊

露娜會獅吼
的獅頭帽

> 露娜再度發揮她特有的本領
> 說出刺耳的實話，哈利從沒
> 見過任何人可以像她這樣。

父母親
贊諾・羅古德
（父親・巫師・編輯）、
潘朵拉・羅古德
（母親・巫師）

眼睛顏色
銀色

又被稱為
露瘋子・羅古德

**露娜信仰的
魔法動物**
- 八寶獸
- 犄角獸
- 太陽霸
- 恩咕魯咕勒
- 水煙蟲
- 水生蛆
- 黑黴氣
- 貪吃長腿魚

住處
羅古德家的房子是一座
黑色的圓柱形建築，位
於奧特瑞聖凱奇波附近
村莊的山頂上，離洞
穴屋不遠

> 「黑黴氣……
> 它看不見，
> 飄浮在空中，
> 會從耳朵鑽進去，
> 使你腦袋昏昏沉沉。」

護法
野兔

奈威・隆巴頓

生日 1980 年 7 月 30 日　　**霍格華茲學院** 葛來分多

> 「奶奶，我的蟾蜍又不見了。」

家庭

法蘭克・隆巴頓（父親・巫師・正氣師）、
愛麗絲・隆巴頓（母親・女巫・正氣師）、
傲古・隆巴頓（祖母・女巫）

27

> 「這是一個記憶
> 球……奶奶知道我
> 老是忘東忘西的——
> 你要是有某件事忘了去做，
> 這個球就會提醒你。」

幻形怪
石內卜教授

魔杖
最初使用他父親的舊
魔杖。奈威的第二根
魔杖是獨角獸毛
和櫻桃木

嗜好
藥草學

吹寶

> 「勇氣有很多種，」鄧不利多微
> 笑著說，「我們需要非常大的
> 勇氣，才能站起來反抗我們的敵
> 人，但要反抗我們的朋友，同樣
> 也需要非凡的勇氣才能做到。因
> 此我要為奈威・隆巴頓先生的表
> 現，再獎賞給葛來分多十分。」

奈威第一年的不幸事故

🍂 在九又四分之三月台時他的蟾蜍吹寶不見了

🍂 奔向分類帽時摔了個狗吃屎

🍂 迷糊地戴著分類帽在餐廳裡奔跑

🍂 被皮皮鬼用一捆手杖砸在他頭上

🍂 把西莫的大釜燒成一團歪七扭八的鐵塊

🍂 從他的掃帚上摔下來跌斷手腕

🍂 中了鎖腿咒，只好用跳的爬上葛來分多塔

🍂 妙麗・格蘭傑對他施展全身鎖咒

魯霸 · 海格

生日 1928年12月6日　**霍格華茲學院** 葛來分多

石頭蛋糕

> 「我可以把我自己的性命交到海格手中。」
> 阿不思 · 鄧不利多

住處
海格的小木屋

在海格口袋內找到的東西
- 一把發霉的狗餅乾
- 古靈閣金庫鑰匙
- 鑰匙串
- 小彈丸
- 毛線球
- 硬薄荷糖
- 茶包
- 一把納特和加隆
- 一袋壓扁的臘腸
- 一個銅水壺
- 一把撥火鉗
- 茶壺和幾個有缺口的馬克杯
- 一盒被壓得有點扁的巧克力生日蛋糕
- 一條污跡斑斑的髒手帕
- 兩隻睡鼠
- 一隻看起來有些邋遢的貓頭鷹
- 羽毛筆
- 羊皮紙
- 一把粉紅色花傘

又被稱為
霍格華茲的鑰匙管理員和
獵場看守人
海格教授（奇獸飼育學）
哈哥兒（呱啦）

眼睛顏色
黑色

魔杖
粉紅色花傘
（之前是橡木，16吋）

家庭
海格先生（父親 · 巫師）、
傅污髮（母親 · 巨人）、
呱啦（同母異父弟弟 · 巨人）

> 「啊，這個嘛，
> 人要是碰到自己的寵物，
> 難免都會有點
> 傻氣。」

牙牙

去第188頁看更多海格的寵物 →

28

佛客使

阿不思・博知維・巫服利・布萊恩・鄧不利多

檸檬雪寶

生日 1881年　霍格華茲學院 葛來分多

> 「永遠——」他怒喝如雷，「不准——在我——面前——侮辱——鄧——不——利——多！」
>
> ——魯霸・海格

父母親

博知維・鄧不利多
（父親・巫師）、
甘德拉・鄧不利多
（母親・女巫）

兄弟姊妹

阿波佛（弟弟・巫師）、
亞蕊安娜（妹妹・女巫）

熄燈器

> 「歡迎大家到霍格華茲來度過新的一年！
> 在宴會開始之前，
> 我想要先對大家說幾句話，
> 那就是：蠢蛋！哭！渣渣！扭！
> 謝謝大家！」

眼睛顏色

藍色

護法

鳳凰

喜歡

🍃 室內樂
🍃 十柱球戲
🍃 針織花樣
🍃 檸檬雪寶

巧克力蛙卡

阿不思
鄧不利多

成就包括

🍃 霍格華茲校長

🍃 巧克力蛙卡

🍃 曾擔任變形學老師

🍃 第一級梅林勳章

🍃 大魔法師

🍃 巫審加碼首席魔法師

🍃 國際巫師聯盟主席

🍃 發現龍血的十二種用途

🍃 男學生主席、級長、巴納布・芬克利傑出符咒獎、巫審加碼英國青年代表、開羅國際煉金術會議創會貢獻金牌獎

29

> 「我們的選擇，
> 遠比我們的天賦才能，
> 更能顯示出我們的真貌。」

跩哥・魯休思・馬份

生日 1980年6月5日　　**霍格華茲學院** 史萊哲林

> 「你不知道我能做出什麼事來……你不知道我已經做了什麼事!」

學校成就
- 魁地奇搜捕手（史萊哲林）
- 督察小組
- 級長

消失櫥櫃

住處
馬份莊園

父母親
魯休思・馬份
（父親・巫師・霍格華茲理事）、
水仙・馬份（母親・女巫）

又被稱為
神奇的彈跳雪貂

光輪兩千零一

眼睛顏色
灰色

> 「蛇蛇攻!」

魔杖
獨角獸毛・
山楂木・10吋

> 「你很快就會發現，某些巫師家庭比其他人要高級多了，波特。你不會想要去跟那些差勁的傢伙做朋友的，這點我可以幫助你。」

跩哥的高級嘲諷

> 「說真的，你要是再這樣遲鈍下去的話，你會越來越退化的。」

> 「隆巴頓，假如腦袋是黃金，那你顯然比榮恩還要窮，你總該聽得懂這句話的意思吧。」

> 「要是被分到赫夫帕夫的話，我想我會乾脆退學回家算了，你說是不是?」

賽佛勒斯・石內卜

生日 1960年1月9日 **霍格華茲學院** 史萊哲林

> 「啊，是的……哈利波特。我們這兒的新——名人哪。」

父母親
托比亞・石內卜（父親・麻瓜）、
愛凌・普林斯（母親・女巫）

住處
寇克渥斯鎮
紡紗街盡頭

眼睛顏色
黑色

又被稱為
鼻涕卜
小勒

> 「如果我把水仙球根粉末倒
> 入苦艾汁，會產生
> 什麼樣的效果？」

> 「破破心！」

教學職位
- 魔藥學教授
- 史萊哲林學院院長
- 黑魔法防禦術老師

> 「是的，不難看出，
> 將近六年的魔法教育
> 在你身上沒有白費，
> 波特。
> 幽靈是透明的。」

特殊技能
- 魔藥學
- 鎖心術
- 破心術
- 黑魔法防禦術
- 邏輯

31

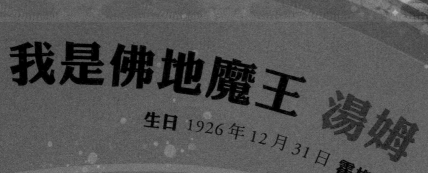

我是佛地魔王 湯姆・魔佛羅・瑞斗

生日 1926 年 12 月 31 日 **霍格華茲學院** 史萊哲林

又被稱為

那個人、那個不能說出名字的人、史萊哲林的
傳人、黑魔王、湯姆・瑞斗

> 「我替自己取了一個嶄新的
> 名字,而當時我就曉得,未
> 來在我成為全世界最偉大的
> 魔法師時,這個名字將會讓
> 所有巫師聞之喪膽,完全不
> 敢開口說出這幾個字!」

湯姆・瑞斗

學業
成就

波金與伯克氏

Borgin
&
Burkes

家庭

老湯姆・瑞斗（父親・麻瓜）、
魔柔・瑞斗（母親・女巫）、
魔份・剛特（舅舅・巫師）、
魔佛羅・剛特（外祖父・巫師）

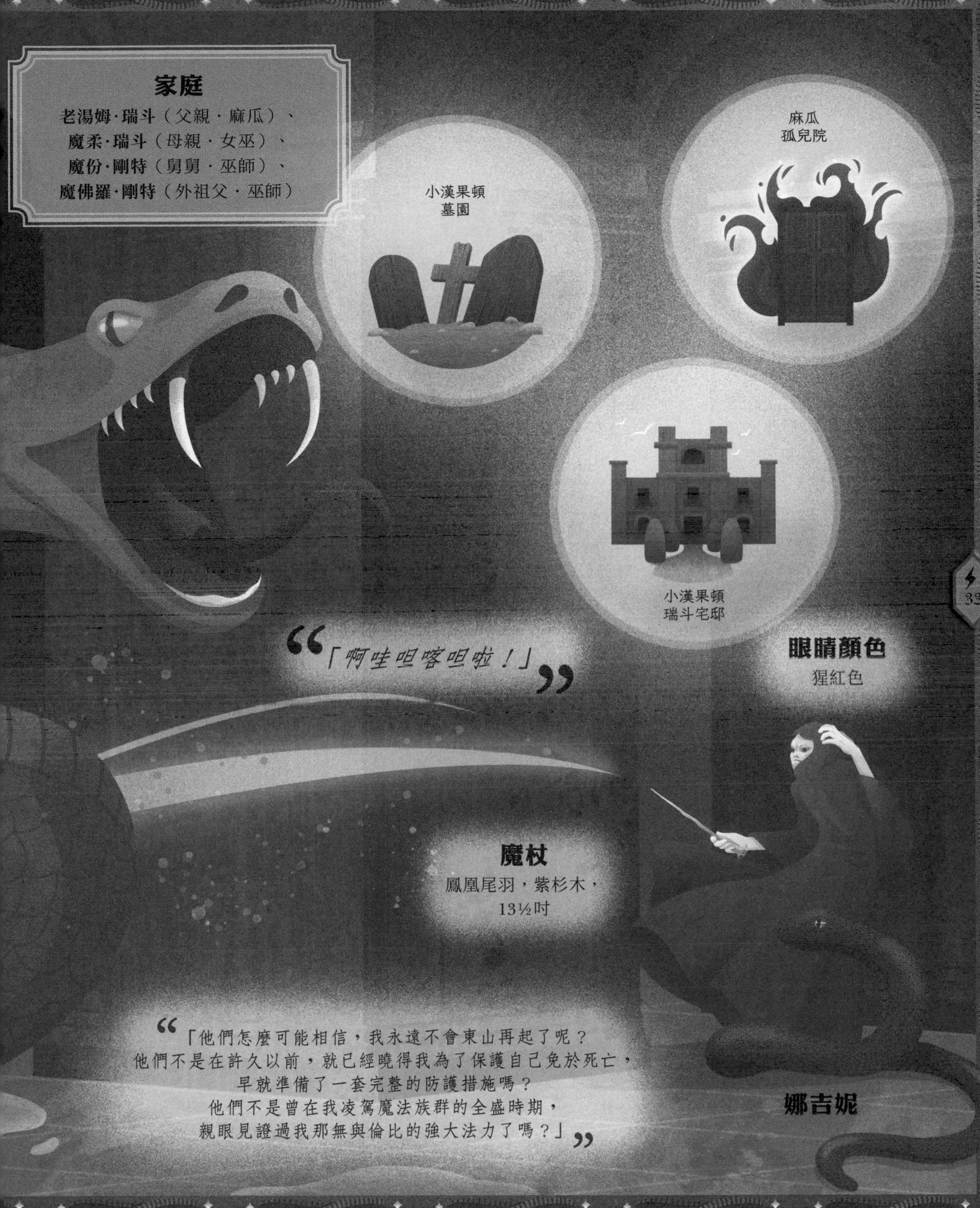

小漢果頓
墓園

麻瓜
孤兒院

小漢果頓
瑞斗宅邸

眼睛顏色
猩紅色

> " 「啊哇呾喀呾啦！」 "

魔杖
鳳凰尾羽，紫杉木，
13½吋

> " 「他們怎麼可能相信，我永遠不會東山再起了呢？
> 他們不是在許久以前，就已經曉得我為了保護自己免於死亡，
> 早就準備了一套完整的防護措施嗎？
> 他們不是曾在我凌駕魔法族群的全盛時期，
> 親眼見證過我那無與倫比的強大法力了嗎？」 "

娜吉妮

超越
魔法的力量

「你以為我們深愛過的人，在死後真的會離開我們嗎？當我們遭遇到困難時，難道不認為他們會比以前更加清晰嗎？」

「從弗雷和喬治那裡，可以學到一件事，」金妮認真思考著，「那就是，只要有足夠的膽量，就可以做到你想做的事。」

金妮‧衛斯理

茉莉和亞瑟‧衛斯理

衛斯理太太把魔藥放到床頭櫃的杯墊上，「丁尼生。」她說，「聽著，哈利，那是他最喜歡的詩。」在他記憶中，這就像是自由……

「來吧，拿個東西可以讓自己有任何有任何朋友就沒有任何……」羅恩‧衛斯理

榮恩‧衛斯理

天狼星‧布萊克

「哈利，你這小子，」榮恩深受了一口氣說，「我真的很喜歡你，但是我覺得他吃老鼠過活……」

「要果果取餐我會嗎？」張秋問道。

「對不起？」

「妳——妳要跟我一起去修母舞會嗎？」哈利說。

運動、人物

和

一切魔法

（或簡寫成S.P.E.W.）

了解有魔法的人如何避開麻瓜的視線，一窺女巫與巫師的日常生活——從基本的貓頭鷹郵件與呼嚕網，到鬧哄哄的《預言家日報》版面。發現魔法世界的旅行方式，來一場糖果與點心的豪華視覺饗宴，欣賞奇特的服裝，享受廣受尊崇的運動魁地奇球賽。從飛天掃帚到奶油啤酒，這裡應有盡有……

著裝指南

令人信服的偽裝

當要混進
麻瓜之中時，
巫師及女巫
必須穿著
完全符合
麻瓜標準的
服裝

—保密法令—

如何避免被發現

實際做法

在麻瓜地區
不使用魔法

喬裝

新聞誤導

審慎計畫

使用魔法

麻瓜驅逐咒

使該地區
「不可記」

（這樣就無法標記在地圖上）

隱藏咒
與喬裝咒

記憶咒
與信任咒

（可作為事情出差錯時的備案）

避開麻瓜視線

華勒克國際聯盟
保密法令

魔法界有許多隔離麻瓜的保密方法，這種做法可追溯到數世紀以前。自1692年迄今，此一保密法令即被奉為嚴格遵循的指南，使它成為魔法世界保持完全隱藏的法則。

半魔法村莊

有些村莊有隱居的巫師社區，
著名的例子是：

● 亭沃茲，康瓦耳郡
● 上弗雷格利，約克郡
● 奧特瑞聖凱奇波，英格蘭南岸
● 高錐客洞，英格蘭南岸

預防措施做得細，
麻瓜聰明不過你。*

*信任咒也有幫助

第66頁地圖有更多魔法地區 ➡

最難保守的秘密

只要是有一丁點被麻瓜瞧見的風險，該地就不准打魁地奇，否則我們就來看看，你人給銬到地牢的牆上之後，球能夠打得多好。

巫師評議會，1419年

掃帚

自中世紀以來，掃帚一直是一種容易藏在屋子裡的飛行工具，不幸的是，麻瓜長期以來一直將女巫與掃帚連結在一起，因此需要格外小心。

一天例外

當佛地魔剋殺嬰兒哈利波特失敗後銷聲匿跡時，英國巫師界走上街頭慶祝。他們沒有喬裝，而麻瓜們也注意到有數百隻貓頭鷹在光天化日下四處飛翔。

魔法怪獸必須藏起來

各國的魔法政府必須對其境內的魔法怪獸、靈性生物、鬼魂負起隱藏、照料、看管的責任。若是上述任何一種魔法生物對麻瓜造成了傷害，或吸引了麻瓜的注意力，該國的魔法政府均將受到國際巫師聯盟的懲處。

~ 國際巫師保密法令，第七十三號條款，1750年 ~

—— 著名的目擊生物 ——

● **迷蹤鳥**：麻瓜管牠們叫「多多鳥」，並以為牠們已經絕跡

● **雪人**：被一支國際特遣部隊隱藏在山區裡

● **水怪**：在許多照片中以海蟒的形象出現，但被宣稱是假的

● **鳥形龍**：有一個專門的鳥形龍保護聯盟

● **紅眼怪**：麻瓜現在認為所有目擊到的紅眼怪都是惡作劇

> 66 在尼斯湖，
> 世界上最大隻的水怪則仍未被捕獲，
> 而且似乎變得極愛出鋒頭。 99

魔法動物學家，紐特・斯卡曼德

看不見的旅行

巫師不需要大部分的麻瓜科技。重要的是，使用魔法旅行而不引起注意。

● **呼嚕網**：從一個壁爐到另一個壁爐，巫師們可以在建築物之間移動而無須踏出室外

● **港口鑰**：這些魔法交通設備可以由普通物品製成，這樣它們即使在眾目睽睽下也不顯眼

● **魔法汽車**：有些巫師無法抗拒改裝汽車。例如，如果他們想讓一部車飛起來，加裝一個有效的隱形推進器是個好主意

羽毛筆與文具

巫師書寫工具附有魔法屬性，
讓書寫更有效率。

寫字會變色的墨水

恆久墨

自動更正墨水

隱形墨水

溶泥，哇吱哩

防作弊羽毛筆
發給一年級生
考試專用

自動作答羽毛筆
嚴禁在普等巫測
時使用

**自動加墨筆、拼字校
正筆、正確答案筆**
衛氏巫師法寶店
販售

速記羽毛筆
讓麗塔·史譏
無須動手也能寫作

高級版羽毛筆糖
偽裝的糖果，
可以在
上課時吃

魔法膠帶
可以將物體
黏在一起，
但是沒辦法
修理魔杖

認可羽毛筆
寫出獲准進入霍格華茲
就讀的學生名字

豪華的羽毛筆可以用鷹、野雞
或孔雀的羽毛製成。具有魔法的彩鳴鳥的
羽毛也能製成奇豔的羽毛筆。

現形擦
在斜角巷買的，
用來顯現隱形墨水

日常生活中的魔法

40

"「我真不知道，這些麻瓜不會魔法
怎麼有辦法過日子。」"
魯霸·海格

咆哮信

咆哮信是一種更戲劇性的傳送訊息方
式，從它們的猩紅色信封就能辨識。
咆哮信交到收信人手中就會響起信
煙，接著用驚天動地的吼聲傳達它的
訊息，最後起火燃燒。如果你不立刻
把信打開，它會爆炸。

"「麻瓜用來代替魔法的所
有設備——電器呀、電腦
呀、雷達裝置，還有其他所
有這類物品——它們只要一
放到霍格華茲附近，就會失
靈故障，因為這裡的空氣中
充滿了魔法。」"
妙麗·格蘭傑

烹飪

"她又敲了敲鍋子，鍋子浮在空中，飛向哈
利，鍋口傾斜。衛斯理太太一個俐落的動
作，把碗滑到鍋子下，及時接住了又濃又
燙的洋蔥湯。"

食物是「岡普基本變形
定律」的五大例外之一

"「平空變出美食是
絕不可能的！
如果你知道食物在哪裡，
你可以把它召喚來，
或是轉換它。
如果手上已經有食物，
可以增加分量——」"
妙麗·格蘭傑

裝滿嗆辣愛情的大釜

喂，來攪拌我的大釜，
只要你做得對，
我會為你煮
又嗆又辣的愛情，
讓你今晚
溫暖到心底。

「我們十八歲的時候用這首歌跳過舞呢！」衛斯理太太說，用正在編織的毛衣擦拭眼角。「你記不記得，亞瑟？」

瑟莉堤娜·華蓓

水槽旁邊的舊收音機清楚宣告，接下來的節目是：「《女巫時間》，由著名的歌唱女魔法師，瑟莉堤娜·華蓓主持。」

魔法畫像

藝術家對他們的畫作施以魔法，使它們能移動和說話。肖像畫與真實世界互動的能力由被畫的女巫或巫師決定。

娛樂

巫師棋

這種棋其實跟麻瓜的西洋棋完全相同，唯一的差別是，巫師棋的棋子全都是活的，這使得下棋就好像是在指揮軍隊作戰一樣。

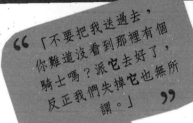

「不要把我送過去，你難道沒看到那裡有個騎士嗎？派它去好了，反正我們失掉它也無所謂。」

棋子會跟玩家頂嘴

爆炸牌

榮恩正忙著用他的爆炸牌豎一座紙牌城堡——這可比麻瓜紙牌好玩多了，因為這些牌隨時都有可能會突然全部爆炸。

多多石

多多石是一種古老的雙人遊戲。每一個玩家持有十五顆多多石（以石頭或貴金屬製作的小圓石），雙方必須奪取對方的所有棋子以取得勝利。

石頭會朝輸掉分數的玩家臉上噴臭水以示懲罰。

掃帚遊戲

最受歡迎的運動是魁地奇，但還有許多其他涉及飛行的遊戲，其中一種兒童遊戲叫「碰碰撞」，玩家要試圖將其他飛行者從掃帚上擊落。

會自動洗牌的撲克牌

參閱第60頁進一步了解魁地奇 ➡

41

溝通方式

預言家日報
英國唯一的巫師報紙，
每天早上送到全國各地。

預言家晚報
只有在發生
重大事件的時候
才出刊。

謬論家
這本雜誌每月發行，有些人
會引用這些
有疑慮的消息來源。

收音機
收音機是極少數經過合法修
並在巫師日常生活中使用的一種麻
許多家庭收聽
巫師無線廣播網（WWN）

通報消息

鳳凰魔法
一些聰明且忠實的寵物可以充
當信使。已知佛客使會
留下一根羽毛示警。

> 辦公室中央
> 突然出現
> 電光石火般的火光，
> 一根金色羽毛
> 輕輕飄落。

> 非尼呀‧耐吉‧布
> 萊克的畫像能夠在
> 古里某街及霍格華
> 茲校長室間來去。

魔法畫像
畫像不僅會說話，
還能在畫框與畫框之間移動，
如果一個女巫或巫師
在不止一個地方有畫像，
他們就能成為有用的信差。

魔法信差

貓頭鷹信差
魔法世界最常見的連絡方式。
只要是牠們能飛到的地方，
貓頭鷹就會送信、送報紙和包裹。
國內和海外都能遞送。

> 早上的郵件也常常遲到，因為
> 貓頭鷹老是被風吹得偏離航道。

參閱第 129 頁了解妙麗是如何使用多身咒

呼嚕粉

呼嚕網讓人們可以
面對面交談。
將呼嚕粉拋進壁爐後，
你可以讓你的頭顱
出現在別人的壁爐裡，
並與他們交談。

雙向鏡

魔法物品

參閱第 48 頁
更多呼嚕網的
相關介紹

各部門間互傳的便條紙

在魔法部，各個部門以便條紙
互相傳遞訊息，便條紙被施了魔
法在大樓裡飛來飛去。
他們過去使用貓頭鷹，但是搞得
難以置信地髒亂。

"這是一面雙向鏡，
另外一面在我這
裡。如果你想和我說
話，只要對著鏡子說我
的名字，你就會出現在
我的鏡子裡，然後我就可
以透過你的鏡子和你說話。
從前我和詹姆被隔離關禁閉
時，我們就是這麼利用它的。"

天狼星・布萊克

多身咒

這個咒語會使
分開的物體互相模仿。
如果增加一個訊息，
它會顯示在其他
所有物體上，
無論它們在哪裡。
學生們已利用它將硬幣
之類的小物品變成秘密
通訊設備。

魔法交談

護法咒

護法咒能召喚護法，
一種動物形態的魔法守護者。
它能旅行，而且能以施法者的聲
音傳遞信息。

只有鳳凰會成員才以這種方式
運用他們的護法，
它由阿不思・鄧不利多發明
並教導成員使用。

"要是有人遇到麻煩
了，就馬上發射紅色
火花，大家就會立刻
趕過來找你。"

魯霸・海格

魔法火花信號

魔杖能向天空發射
不同顏色的火花。

辣辣燃！

這個咒語能讓你
在某個東西上
做魔法記號。

咒語與信號

黑魔標記

黑魔標記的符號是一個
大骷髏頭，嘴巴洞裡冒出一條
如舌頭般的大蛇。

佛地魔王的追隨者食死人
召出黑魔標記顯現在空中，
透露他們的所在之地。

食死人的左手臂被烙上黑魔標記，
佛地魔王召喚他們時，
他們手上的烙印會灼痛。

43

參閱第 174 頁進一步認識鳳凰會

貓頭鷹圖鑑

> 他把豬水鳧從窗口拋出去，豬水鳧一連垂直降落了十二呎，才好不容易飛了起來。牠腿上綁的那封信比平常長了些也重了些。

紅角鴞

送信貓頭鷹

貓頭鷹有一種不可思議的能力，能將信件遞送給任何人，無論他們在哪裡，即使只有姓名，沒有地址。

可以這麼假設，幾乎每一隻你看到的貓頭鷹都是為個人或為貓頭鷹郵局工作的送信貓頭鷹。

雖然貓頭鷹能可靠而快速地追蹤到某個人，但要避免從法，例如驅逐咒、喬裝咒或遮蔽咒。

> 「愛落！」榮恩說，一把抓住愛落的腳，把這頭髒兮兮的貓頭鷹給拎了出來。

烏林鴞

灰林鴞（或褐鴞）

信差寵物

訓練有素的送信貓頭鷹受到高度重視。儘管價格昂貴，牠們仍是很受歡迎的寵物，許多家庭會共用一隻貓頭鷹，或從郵局借一隻來使用。

小貓頭鷹

普等巫測

普等巫測（O.W.L.s 普通巫術等級測驗）不是鳥，而是霍格華茲學生在五年級時接受的測驗。哈利、榮恩和妙麗的考試成績單就是由三隻帥氣的灰林鴞遞送的。

貓頭鷹屋

在霍格華茲，學生們將他們的寵物貓頭鷹存放在貓頭鷹屋。那是一個圓形的石屋，棲木高達天花板。它能容納數百隻貓頭鷹，寵物貓頭鷹們和誰都可以借用的學校貓頭鷹混在一起。

參閱第 178 頁，看誰擁有哪隻寵物貓頭鷹 ➡

貓頭鷹樂樂伴

貓頭鷹在夜間覓食，
有時會帶回老鼠、田鼠和青蛙。
主人也可以給牠們吃
「貓頭鷹樂樂伴」，
或者從咿啦貓頭鷹商場
買貓頭鷹堅果盒。

雪鴞

鵰鴞

草鴞

嘿美
驚人的飛行

嘿美總能找到牠要去的地方，牠……

● 從霍格華茲
飛到羅馬尼亞送信給
查理·衛斯理

● 飛到法國
去拿妙麗送給哈利的
生日禮物

● 哈利搭乘騎士公車
抵達破釜酒吧，
五分鐘後嘿美也到了

● 從水蠟樹街
帶一封信去一個
產熱帶鳥類的不知
名國家，天狼星躲
在那裡

● 天狼星躲避
催狂魔期間
送信去給他

● 在古里某街找到榮恩與妙麗，
並聽從哈利的指示，如果他們不寫封詳細的回信
給他，就用牠的尖嘴狠狠地啄他們

鳴角鴞

45

在餐廳用早餐

" 第一天早上他還真是被嚇了一跳。
當時大家在用早餐，
忽然有上百隻貓頭鷹飛進來，
在餐桌上空繞著圈子，尋找自己的主人，
然後把郵件和包裹扔到他們的大腿上。"

以貓頭鷹來說，嘿美有著
不尋常的品味，有時喜歡共享哈利的早餐。
在葛來分多餐桌上，牠吃過：

● 橘子汁　● 一點吐司
● 培根皮　● 奈威的玉米片

" 雪鴞咖動鳥喙，
深情地咬著哈利的耳朵……"

《預言家日報》
送報貓頭鷹

派送《預言家日報》的貓頭鷹
腳上綁一個收報費的皮袋。
妙麗的訂費是每份報紙
一個納特。

《預言家日報》也為商品打廣
告，可以透過貓頭鷹郵購訂購。

參閱第 206 頁特別的貓頭鷹遞送清單　　➜

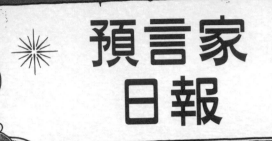

預言家日報

編輯
巴拿巴·卡夫

魔法部案情

魔法部麻瓜人工製品濫用局的主...

魔法部麻瓜人工製品濫用局的主...
一輛麻瓜汽車而誤觸法網，被判繳...

魯休思·馬份先生，乃該魔...
法與巫術學院的理事之一，他在...
「衛斯理讓魔法部顏面掃地，」
然沒有資格來擬定我們的法律，...
麻瓜保護法案也應立即廢止。」...
衛斯理先生並未對此發表任何評...
子卻出面叫記者滾開，否則她就...

魔法部... 一錯...

魔法部的麻煩似...
了。本報特約記...
史識特別報導。...
近才因魁地奇世...
表現出的拙劣群...
力而飽受批評，...
們至今依然未能對該部一名女巫失蹤事...
任何合理解釋，也遭受到輿論猛烈的...
擊。而就在昨天，魔法部又因其麻瓜...
濫用局職員阿諾·衛斯理的古怪行徑，...

魔法部員工抽到大獎

魔法部麻瓜人工製品濫用局主管亞瑟·衛斯理先...
得《預言家日報》年度加路比...
心惟...
斯理...
預言...
我們準...
些金幣...
去過暑假...
大兒子比...
那裡工作...
靈閣巫師錢...
衛斯理家預...
埃及停留一...
國，目前衛...

魔法界

鄧不利多

布萊

魁地奇世界盃出現驚悚畫面

「我想我的力量是來自於我的雙親，...
道，他們現在要是能看到我的話，一定會為...
萬分驕傲……是的，有時我仍會在深夜裡...
他們哭泣，我可以毫不羞恥地承認這一點...
知道在這場鬥法大賽中，沒有任何事可...
我，因為他們會在天堂守護著我……」
哈利終於在霍格華茲找到了真愛...
他的好友柯林·克利維表示，哈利跟一...
名叫做妙麗·格蘭傑的女生幾乎可說...
形影不離。這位出生於麻瓜家庭、美...
天仙的女孩，就跟哈利一樣，也是學校...
...的高材生之一。

那些飽受驚嚇、提心弔膽地站在...
巫師與女巫，若是期待能從魔法部那...
與保證，他們想必會感到大失所望...
不久之後，一名魔法部官員走出樹...
沒有任何人受到傷害，除此之外，...
訊息。謠傳魔法部在事發之後一...
幾具屍體，而這位魔法部官員的...
謠言，目前尚有待觀察。

曾經擊敗「...
孩，目前精...
相當的危險...
識特別報導...
驚人證據，...
得有識之士...

新聞

重大失誤

魔法與巫術學院的古怪校長阿不思·鄧不利多，
在教職員工時向來就獨排眾議、一意孤行地聘任
的人選。本報特約記者麗塔·史譏特別報導。

他雇用了聲名狼藉、熱愛惡咒的退休正氣師阿
瘋眼」穆敵，到該校教授黑魔法防禦術，這個決
魔法部眾多官員為之側目。眾所周知，穆敵具
在他面前突然動上一下，他就必定會出手攻擊
。但若是與鄧不利多新近聘來擔任奇獸飼育學
類一比，瘋眼穆敵甚至可稱得上是和藹可親且
。

級時被霍格華茲開除的魯霸，海格，在那之後
擔任獵場看守人，他對於這個鄧不利多所給予
然而到了去年，海格又再度運用
且資格的候選人中

然在逃

利波特
常且極具危險性」

的人」的男
可能具有
麗塔·史
異行徑的
是不適合

茲校長阿不思·鄧不利多的極力隱瞞之
下，魔法世界大眾全都對此一無所知。
「波特會說爬說語呢，」霍格華茲
四年級學生跩哥·馬份透露，「在一、
兩年前，學校有很多學生受到攻擊，大

謬論家

編輯：贊諾·羅古德

目擊特角獸？

特茲丘龍捲風
贏得魁地奇大
著各種恐嚇
刊的

如果你
頭上腳下
它們會顯
咒語，能
的耳朵變

天狼星——真如大家想的那麼「黑」嗎？

是惡名昭彰的殺人狂
還是無辜的情歌唱將？天狼星
真如大家想的那麼黑嗎？

十四年來，天狼星·布萊克始終被視為
殺人狂，犯下屠殺十二個無辜麻瓜及一
個巫師的罪行。兩年前布萊克從阿茲卡
班大膽脫逃，引發魔法部展開一場有史
以來規模最大的搜捕行動，而我們所有
人都堅信他應當再遭逮捕，並交回催狂
魔的手中。

魁地奇大聯盟
的腐敗內幕：
龍捲風隊如何
掌控全局

一名巫師宣稱乘坐狂
風六號飛上月球，並
帶回了一袋月球蛙
茲證明。

家

哈利波特
終於大膽
驚爆內幕

然而真是這樣嗎？
最近新挖掘出來的驚人證據顯示，天狼星·布
萊克可能根本不在現場。
「大家所不知道的是，天狼
史太太說，「大家以

並沒有犯下當初送他進阿茲卡班的罪行。事實上，根據小諾頓
區亞肯錫街十八號的杜莉·普潤斯的說法，天狼星·布
萊克可能根本不在現場。兇殺案發生的那一

47

真正稱得上是
競賽用掃帚的
前身

胡奇夫人學飛行時
騎的就是
「銀箭號」

彗星號

張秋和東施
都騎「彗星二六〇」

踐哥有好幾支掃帚
其中一支是
「彗星二六〇

銀箭號

順風時
可以高達時速
七十哩

1929 年，
「范爾口獵鷹隊」球員
藍道夫・凱奇
與貝左・霍頓成立了
「彗星商業公司」

他們的第一款掃帚是
「彗星一四〇」，
施有獲得專利的
霍頓凱奇煞車咒

" 恩不里居辦公室門上
那兩個掃帚形的大洞，
那是弗雷和喬治
兩人的狂風號掃帚
在衝出門
去跟主人會合時
所留下的痕跡。"

狂風號

掃帚

《謬論家》訪問的一名巫師，
宣稱他坐「狂風六號」飛上月球，
並帶回一袋月球蛙以茲證明

1926 年，巴伯、
比爾、巴納比、
歐樂頓三兄弟
創辦了「狂風掃帚
公司」

弗雷和喬治
騎的是
「狂風五號」，
榮恩後來騎
「狂風十一號」

第一代
「狂風一號」
立刻造成轟動

呼嚕網

魔法世界 的

48

用呼嚕網旅行
要經由
魔法世界的壁爐。

呼嚕網連線由魔法部的
「呼嚕管理委員會」
負責建立。

這會防止與麻瓜的壁爐
意外連接
（儘管可能還是會
短暫連接）。

第43頁
有更多呼嚕網的介紹
←

旅行者將一小撮呼嚕粉
扔進火中。

火焰變成鮮豔的翡翠綠，
接著旅行者踏入火中，
大聲喊出他們要去的地方。

重要的是必須把每個字
都說得清清楚楚，
而且要從正確的爐柵出來。

港口鑰

當一個物體被
轉變成港口鑰時，
它會發出藍光，
旅行時間到了時
也會發出藍光。

港口鑰是被施了
魔咒「港口現」的
麻瓜日常用品，
它們可以在某個
預定時間，
將巫師從一個地點
轉送到另一地方。

港口鑰可以同時
運送一大群巫師，
1994 年魁地奇世界盃
比賽期間，英國境內總共設立
了兩百個港口鑰，分別放置在
各個不同的重要地點。

呼嚕粉是
伊格娜蒂雅・
威爾史密斯
在十三世紀發明的，
它的製造方法
受到嚴格管制。

英國唯一獲得許可的
生產商是「呼嚕拋」
（Floo-Pow）公司，
總部設在斜角巷，
但從來不曾有人
出來應門。

坊間從未有過呼嚕粉
短缺的報導，它的價格
一百年來維持不變，
一勺兩個西可。

霍格華茲
特快車

" 「港口鑰長什麼樣子？」
哈利好奇地問道。
「什麼樣都有，」衛斯理先生說，
「當然都是些不起眼的物品，
這樣麻瓜才不會把它們撿起來玩……
全是些他們會以為是
垃圾的玩意兒……"

霍格華茲學生
搭火車到學校，
從王十字車站九又四
分之三月台出發。

去第86頁找火車票 →

流星號

1955年，
掃帚公司推出了
「流星號」，這是至今
價格最低廉的
競賽用掃帚

熱賣一陣子後，
大家便發現它用舊之後
速度跟爬升力都會
大大減退

環球公司於
1978年退出市場

光輪號

1967年，
光輪競賽掃帚公司
成立

哈利的第一根掃帚是
「光輪兩千」，
麥教授送給他的禮物

「光輪一千」
飛行時速高達一百哩，
能夠在半空中
做定點三百六十度迴旋

"榮恩的古董級流星號
卻老是
被經過的蝴蝶超車。"

以目前最高技術製造出的
比賽用飛天掃帚，
愛爾蘭國家代表隊
在1994年魁地奇世界盃中
使用

最上等的
流線型梣木帚柄，
再加上一層
硬如鑽石的亮光漆

霍格華茲學校的掃帚
包括「流星號」

哈利二年級時，
魯休思・馬份買了
「光輪兩千零一」
給跩哥和
整個史萊哲林球隊

可以在十秒內瞬間加速，
從零跳到一百五十哩，
另外再附上一個
無法破解的煞車符咒

每一根特有的
手繪出廠序號
數字

"火閃電只要他輕輕一觸就
立刻改變方向，它似乎並
不只是服從他抓握的指示，
而是能與他心意相通。"

火閃電

哈利在霍格華茲
三年級時得到一根
「火閃電」

旅行方式

穿越魔法世界的日常方式有很多，例如：乘坐
飛天掃帚、現影術，或者經由呼嚕網。更不尋
常的方式包括騎龍、鬼馬或飛天摩托車。

現影術

● 女巫或巫師一旦年滿十七歲，
他們便可以選修現影術課程，
之後必須通過魔法運輸部門的考試

● 現影者首先將他們的注意力集中在
一個地點上，然後消失，
並重新在那裡出現

● 現影時要記住三個要點：
目的地、決心、謹慎

● 現影會隨著行進距離的增加
而變得越來越困難，
只有技能最嫻熟的巫師才能嘗試洲際現影

● 現影者攜伴旅行時，
例如未成年巫師，
可以使用「隨行現影術」

● 現影術最常見的傷害是分肢
——隨機的身體部位分離——
可能需要魔法意外矯正組的協助

● 大多數巫師住宅都受到魔法保護，
阻擋不受歡迎的現影者。譬如，
你不可能在霍格華茲校園內現影

更多
奇特的
交通方式

● 飛天汽車
● 飛天摩托車
● 龍 ● 騎士墜鬼馬
● 鳳凰 ● 人馬
● 波巴洞飛天馬車
● 消失櫥櫃
● 德姆蘭校船
● 公廁網
● 時光器

騎士公車

提供給陷入困境的女巫與
巫師們的緊急交通工具。

第50頁有更多介紹 ⟶

騎士公車

如果女巫或巫師緊急需要交通工具，他們可以在人行道上舉起他們的魔杖，騎士公車就會出現。

「歡迎光臨騎士公車，是為陷入困境的女巫與巫師們所提供的緊急交通工具。只要舉起您的魔杖，踏上車板，我們就可以把您送到您想去的任何地方。」
史坦·桑派

他是跟阿爾海格說：「光臨，弗達到他的肥了呀！」
史坦·桑派

只要是在地上，去任何地方都行，就是不能進到水裡去。

這可能是一段顛簸的車程，車上提供熱飲，但不強力推薦。

魔法部長杜格爾·麥克菲爾於1865年創設。

THE KNIGHT BUS

「我問你，坐車到倫敦要多少錢？」史坦說，「十一個西可，」「不過呢，你要是付十四個，就能喝到一杯暖呼呼的巧克力；付十五個，就可以拿到一個暖呼呼的熱水袋，再附上一把牙刷，顏色隨便你選唷。」

兒童單人
十三圖
上車：小惡魔區 倫敦
下車：餘額老 南装巧克力
西可

呼。一輛鮮紫色的三層公車從他們眼前冒了出來……

慶祝活動

三巫鬥法大賽宴會

"「鬥法大賽將於這場宴會結束時正式展開，」鄧不利多說，「現在請大家盡量大吃大喝，把這裡當作自己的家，千萬不要客氣！」"

復活節彩蛋

"哈利和榮恩兩人的蛋都大得像龍蛋，裡面還裝滿了自製太妃糖。"

54

第一項任務完成後

"果真沒錯，他們一踏進葛來分多交誼廳，室內就再度爆出另一陣響亮的喝采歡呼聲。"

比爾與花兒的婚禮

"一陣銀色的星星立刻撒下，成螺旋狀環繞住這對相擁的新人。"

哈利的生日晚餐會

"「十七歲，嘎！」海格從弗雷手中接過一個水桶大小的酒杯時說道，「距我們第一次見面整整六年。哈利，你還記得嗎？」
「好像有印象。」哈利微笑著說。
「你是不是撞壞了前門，讓達力長出一根豬尾巴，還說我是個巫師？」"

哈利在霍格華茲的
第一個聖誕節

"這是哈利有生以來
最棒的一個聖誕節。"

聖誕舞會

"餐廳的牆壁上
全都覆蓋著一層
燦爛的銀霜,而在繁星點點的
漆黑天花板下,縱橫交錯地懸掛著
數百條槲寄生與常春藤編成的綵帶。平常
的學院餐桌已失去蹤影,換成一百來
張點著燈的小餐桌,
每張桌子大約可坐
十二個人。"

在古里某街的
聖誕節

"這時天狼星
剛好大步踏過
他們的門口,走向
巴嘴的房間,聽見
他扯開嗓門高唱
「願主賜與鷹馬
平安」……"

阿不思·鄧不利多

麗塔·史譏

西碧·崔老妮

桃樂絲·恩不里居

麥米奈娃

奇特的
服裝收藏

56

霍格華茲魔法
與巫術學院

波巴洞
魔法學院

德姆蘭
學院

學校制服

哈利波特

榮恩·衛斯理

妙麗·格蘭傑

賤哥·馬份

花兒·戴樂古

潘西·帕金森

魯霸·海格

麥米奈娃

聖誕舞會

芭蒂·巴提

芭瑪·巴提

奎里努斯·奎若

吉德羅·洛哈

康尼留斯·夫子

傲古·隆巴頓

魯霸·海格

衛斯理家的套頭毛衣

「你怎麼沒把毛衣穿上呢，榮恩？」喬治問道，「來吧，趕快穿上，這毛衣又漂亮又暖和。」
「我討厭茶色。」
榮恩不高興地嘟囔了一聲，穿上毛衣。
「你的毛衣上沒有字，」喬治歪著頭打量，「我想她是認為，你不會把自己的名字給忘掉。可是我們也不笨哪——我們知道自己叫『弗治』和『喬雷』啊。」

弗雷與喬治

榮恩

多比

哈利

派西

家庭小精靈多比

魔法世界有許多獨特的諺語，
經常在談話中出現。

「只是拉拉魔杖、開開玩笑，
我真的是弗雷——」

弗雷·衛斯理

「算了，為打翻的魔藥再哭也沒用，
我說……現在可是讓貓兒進了綠仙群，
引麻煩上門啦。」

阿拉貝拉·費

「毒蕈身上的斑點
是不會改變的。」

榮恩·衛斯理

諺語與

「疾馳的蛇髮妖怪啊，我居然忘了這回事。」
海格說，用一種力道大得足以推倒馬兒的力量，
往自己的額上拍一下。

「這是一個迷信，不是嗎？
像是
『五月生女巫，麻瓜做丈夫。』
『黃昏下咒語，午夜就不靈。』
『接骨為魔杖，運氣不會旺。』
你們一定聽過。
諸如此類的句子，
我媽成天掛在嘴邊。」

榮恩·衛斯理

「看在梅林最寬鬆的
三角內褲分上，
妳到底在幹什麼？」

榮恩·衛斯理

老道奇也可以從鷹馬下來，別再神氣活現
地繼續拿喬了。因為我已經找到了一個大多
數記者都願意用魔杖交換的珍貴消息來源。

麗塔·史譏

「梅林的鬍子啊，」
穆敵望著地圖輕聲喊道，他那隻魔眼像發了狂似地到
處亂轉，「這……這張地圖可真是了不起，波特！」

「又一個衛斯理？
你們像地精一樣會生。」

牡丹姑婆

「時間就是加隆啊，老弟。」

弗雷·衛斯理

「貓頭鷹還沒來之前，先別數會有多少。」
鄧不利多嚴肅地說。「這倒讓我想起來了，應該今天就會送來。」

1 預兆

「狗靈，親愛的，狗靈！」
崔老妮教授喊道，
哈利的無知顯然讓她大為震驚，
「在教堂墓園中作祟的巨狗怪！
我親愛的孩子，
這是一個預兆哪——
最糟的一種——
死亡預兆！」

迷信

童話故事 2

「『從前從前，有三個兄弟出外旅行。
他們在黃昏時分走在一條荒涼曲折的小路上——』」
「是午夜，我媽總是這麼說的。」榮恩說。
他伸長了腿，兩隻手臂抱在腦後聆聽。
妙麗不悅地瞪了他一眼。
「抱歉，我覺得說午夜
會比較恐怖！」榮恩說。
「是啊，因為我們的生活中
確實需要更多恐懼。」
哈利脫口說。

「這些就是死神聖物。」贊諾說。
他從身旁堆滿東西的茶几上拿起一枝鵝毛
筆，再從書堆中抽出一張破羊皮紙。
「接骨木魔杖，」他說，隨即在紙
上畫了一條垂直線。
「重生石，」他說，
在直線上加了個圓圈。
「隱形斗篷。」
他畫了一個三角形，
把直線和圓圈包在裡面，就成為妙麗深感興
趣的那個圖案。「三樣東西合在一起，」
他說，「就是死神聖物。」

3 忌諱

「別說他的名字！」
榮恩語氣粗魯地打斷她。
哈利與妙麗面面相覷。
「對不起。」榮恩說，支起上半身看著
他們，微微呻吟，「可是那感覺好像
是——是惡咒或什麼的。
難道不能叫他『那個人』嗎，拜託？」

4 陰謀

「正氣師是爛牙根陰謀的一部分，
我還以為這事大家都知道。
他們利用黑魔法和牙周病
從內部腐蝕魔法部。」

露娜·羅古德

5 先知

「有人需要我幫忙他詮釋
球體中的模糊預兆嗎？」
她在叮叮咚咚的手鐲碰撞聲中
輕聲問道。
「我才不需要幫忙呢，」
榮恩悄聲說，「我一眼就看出
這代表什麼。
今天晚上會起濃霧嘛。」

6 迷信

「我不敢哪，校長！要是我坐下來的話，
這張餐桌就會變成坐了十三個人！
再也沒有比這更不吉利的事了！
千萬不要忘了，每當有十三個人同桌用餐時，
最先站起來的那個人，就會慘遭橫死！」
「我們願意冒這個險，西碧。」
麥教授不耐煩地說，「請妳快坐下來吧，
火雞就快要冷掉了。」

算命學 7

「七是力量最強的魔法數字……」

魁地奇

「這是我們的運動，巫師的運動。它就像——就像是麻瓜世界裡面的足球一樣——
大家都喜歡魁地奇——所有人騎著掃帚在空中飛來飛去，有四個球——
要解釋它的規則還真是有點困難。」

魯霸·海格

魁地奇比賽用球

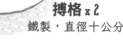

快浮
皮革製，
直徑十二吋

金探子
金屬製，核桃大小

搏格 x 2
鐵製，直徑十公分

- 被施了抓控咒，這樣它就會
緩緩地往下降
- 追蹤手每一次將快浮投進籃
框就得十分
- 守門手負責守護球門柱

- 被施了魔法以逃避搜捕，
並使它的活動範圍限制在球場內
- 搜捕手必須抓到金探子，
就能得到一百五十分並結束球賽

- 被施了魔法以追趕與攻擊最靠近的球員
- 打擊手的任務是用他們的球棒
將搏格打走，離他們那一隊越遠越好

「喔，等等，你聽好，這是全世界最棒的遊戲——」

榮恩·衛斯理

打擊手

搜捕手

守門手

追蹤手

球員可以飛到他們想要的高度，
但嚴禁飛出球場邊界

球場

中心圓區
用來發球

球門柱
兩邊各有三個

得分區
一次只允許
一名追蹤手
進得分區

一百八十呎

除了「比賽暫停」外，球員的雙腳不能著地

五百呎

怎麼去

錯開到達的時間
以免麻瓜起疑。
持便宜票券的人必須在開
賽前兩個禮拜抵達現場。

麻瓜交通工具

少數人獲准搭乘
火車和公車。

現影術

巫師可以施展現影術
到附近樹林,麻瓜不會看到
他們現身的現影術到達站。

港口鑰

兩百個港口鑰
分別放置在
英國各個不同的
重要地點。

住哪裡

世界盃的觀眾
住在靠近球場的
麻瓜露營地。

訪客必須
以麻瓜方式搭帳篷,
不能使用魔法

1994 年的
魁地奇世界盃

決賽在英格蘭的達特穆爾舉行,
十萬名來自世界各地的巫師前來觀賞這場
愛爾蘭與保加利亞對決的球賽。

維克多·喀浪

保加利亞隊 搜捕手

看點在

鷹首開雲陣

愛爾蘭隊的三名追蹤手從各處飛過
來,集中在一起形成箭頭狀,然後
三人一同朝保加利亞隊迅速逼近。

波斯寇欺敵術

一名愛爾蘭的追蹤手做出要帶著快
浮朝上竄升的姿勢,引開保加利亞
球員的注意,再把球傳給隊友。

隆斯基詐騙法

搜捕手全速向地面俯衝,誘使另一
名搜捕手模仿他的動作。喀浪成功
地完成這次危險的分散注意力舉
動,使愛爾蘭搜捕手摔到地上。

> ❝快浮如子彈般快速地
> 在眾位球員手中傳來
> 傳去,哈利透過他的
> 全效望遠鏡不停地變
> 換目標,看得他
> 目不暇給——❞

61

紀念品

- 會尖聲喊出球員姓名的
  發光胸花
- 供人蒐集的著名球員人偶
- 揮動時會自動演奏國歌的
  愛爾蘭國旗和保加利亞國旗
- 真的會飛的火閃電模型
- 裝飾著會婆娑起舞的
  酢漿草的綠色尖帽
- 點綴著會吼叫的獅子圖
  案的保加利亞圍巾
- 全效望遠鏡

穿越　歷史的魁地奇

西元962年
飛天掃帚的
最早紀錄

11世紀，
怪地奇沼澤地上首次
出現這種形式的遊戲

早期的搏格
（施了咒語的大石頭）

早期的球門柱
（利用酒桶）

12世紀，此一遊戲名為
「葵地奇」，球員要麼用棒子
把石頭打回去，要麼追著球
跑，球進桶子就得分

早期的快浮
（皮革球）

15世紀初期，魁地奇
傳播到其他歐洲國
家，如法國與挪威

13世紀，球門柱頂上架
著籃子，由各隊的看守手
負責防衛

球門籃子

追蹤手
（稱「捕手」）

守門手

1368年，巫師評議會
下令禁止在城鎮方圓
一百哩內玩魁地奇

打擊手
（負責打「血球」）

1473年，
第一屆魁地奇世界盃舉辦，
此後每四年舉行一次。
1473年的決賽是有史以來
最殘暴的一場球賽

1269年，一場魁地奇比賽
上釋放了一隻金探鳥，
挑戰兩隊球員去捕捉牠

金探子

14世紀中期，
金探鳥列為保育動物，
促使高錐客洞的金屬巫師
鮑曼・萊特打造一種施了
魔法的球來取代牠們

16世紀初期，
有些球隊開始
使用金屬製造的
搏格

不是金探子

搏格

搜捕手

1269年至14世紀中期，
獵捕金探鳥成為每場
球賽的一部分，使這種稀有的
鳥類數量大幅減少

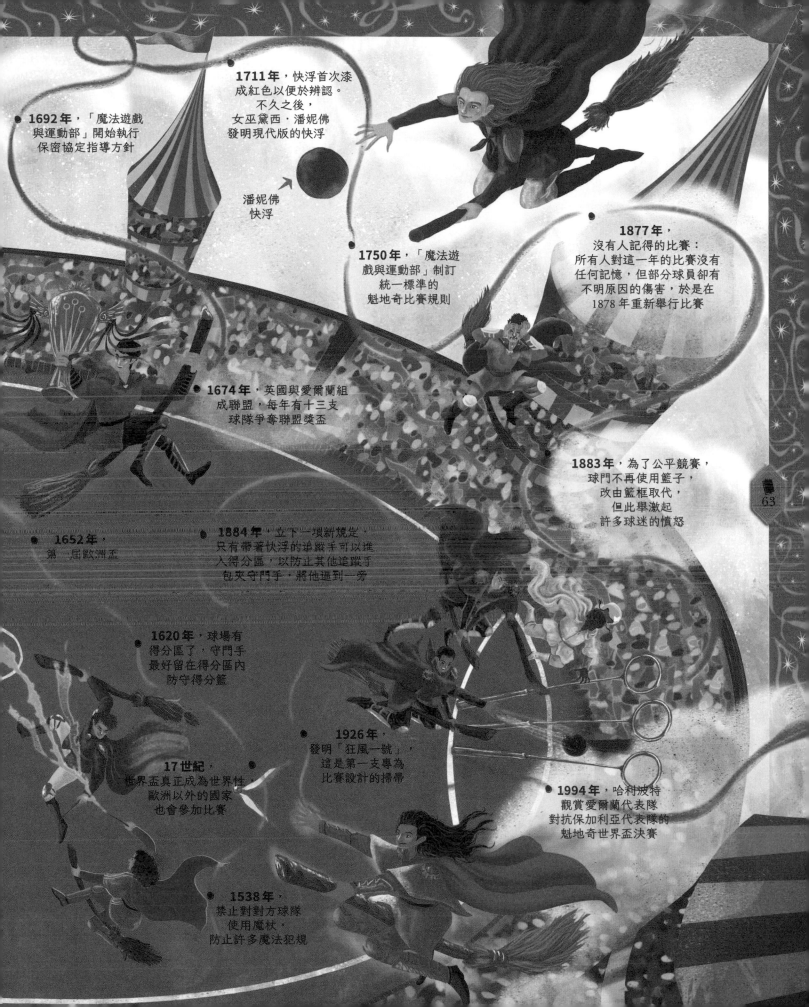

1711年，快浮首次漆成紅色以便於辨認。不久之後，女巫黛西・潘妮佛發明現代版的快浮

潘妮佛快浮

1692年，「魔法遊戲與運動部」開始執行保密協定指導方針

1750年，「魔法遊戲與運動部」制訂統一標準的魁地奇比賽規則

1877年，沒有人記得的比賽：所有人對這一年的比賽沒有任何記憶，但部分球員卻有不明原因的傷害，於是在1878年重新舉行比賽

1674年，英國與愛爾蘭組成聯盟，每年有十三支球隊爭奪聯盟獎盃

1883年，為了公平競賽，球門不再使用籃子，改由籃框取代，但此舉激起許多球迷的憤怒

63

1652年，第一屆歐洲盃

1884年，立下一項新規定：只有帶著快浮的追蹤手可以進入得分區，以防止其他追蹤手包夾守門手，將他逼到一旁

1620年，球場有得分區了，守門手最好留在得分區內防守得分籃

1926年，發明「狂風一號」，這是第一支專為比賽設計的掃帚

17世紀，世界盃真正成為世界性，歐洲以外的國家也會參加比賽

1994年，哈利波特觀賞愛爾蘭代表隊對抗保加利亞代表隊的魁地奇世界盃決賽

1538年，禁止對對方球隊使用魔杖，防止許多魔法犯規

3

迷人的空間
與
奇特的地方

發現進入與穿越魔法世界令人目眩神迷的方式，沉浸在嘰嘰喳喳的斜角巷中，一窺那些比任何人的記憶都更古老的魔法製品商店。參觀洞穴屋，並欣賞活米村如風景明信片般的美麗雪景。最後到九又四分之三月台，霍格華茲特快車準備出發了。

哈利的
魔法世界一隅

霍格華茲魔法
與巫術學校

以魔法隱藏起來

活米村

蘇格蘭

紡紗街

冠克渥斯
密德蘭

羅古德的家 ◦北愛爾蘭◦

北愛爾蘭

狄恩森林
格洛斯特郡

上弗雷格利
約克郡

威爾士

高錐客洞 ◦西部鄉間◦

1994年
魁地奇世界盃體育場
德文郡達特穆爾

英格蘭

倫敦

貝殼居
康瓦耳郡亭沃茲

洞穴屋

奧特瑞聖凱奇波
南部海岸

薩里郡
小惠因區

阿茲卡班
不可記

九又四分之三月台
王十字車站

破釜酒吧
查令十字路

斜角巷

魔法部

古里某街十二號
不可記

水蠟樹街四號

聖蒙果
魔法疾病與傷害醫院

·小漢果頓·

重要地址

衛斯理一家
洞穴屋，奧特瑞聖凱奇波

比爾·衛斯理與花兒·戴樂古
貝殼居，康瓦耳郡亭沃茲

羅古德一家
遠離奧特瑞聖凱奇波的山丘上

德斯禮一家
薩里郡小惠因水蠟樹街四號

鳳凰會
倫敦古里某街十二號

賽佛勒斯，石內卜
康瓦耳郡紡紗街

芭蒂達·巴沙特
高錐客洞

瑞斗一家
小漢果頓

S
67

·馬份莊園· 威爾特郡·

聖蒙果魔法疾病與傷害醫院

魔法部——訪客入口

透過呼嚕網

魔法世界的

終極守護

WIZARDING WORLD

PURGE & DOWSE

CLOSED

CLOSED

CLOSED

方式

THE WAYS THROUGH

THE WAYS THROUGH

10

6

人物的分之三时钟

危險
禁止進入
不安全

魔法部的來訪者入口

12

Leaky Cauldron

古靈閣第十二號

歡迎來到
斜角巷

「不行，歪腿，不行！」

「妳買了那個怪物？」

「媽，我能不能要一個迷你毛毛球？」

> 「我們可以在倫敦把這些東西全都買齊嗎？」
> 哈利驚訝地問道。
> 「只要你知道門路就可以。」海格說。

「他美極了，不是嗎？」

「龍肝，一盎斯賣十六西可他們真是瘋了……」

如何進入
著名的魔法商店街
斜角巷

1. 進入查令十字路上的破釜酒吧
（這是麻瓜看不到的破爛酒吧）

2. 找到圍牆環繞的小院子
（經過吧台，從後門出去）

3. 數垃圾桶上的磚塊
（往上數三塊……往旁邊數兩塊……）

4. 往牆上敲三下

「你覺得那些《怪獸書》怎麼樣？那個店員一聽到我們說要買兩本，他差點就哭出來了呢。」

「《撥開未來的迷霧》，一本非常好的入門書，告訴你所有的基本算命方法——手相啦、水晶球啦、鳥腸啦……」

「『一份關於霍格華茲級長及其未來事業的研究報告』，」榮恩大聲念出封底的介紹，「聽起來倒還滿**吸引人**的……」

「你看……那是最新型的光輪兩千——最高速——」

「老樣對吧海格？

> 他又敲又拍的那塊磚頭開始抖動——
> 其實應該說是蠕動才對——
> 在它的中心位置，出現了一個小洞——
> 洞口越變越大——
> 沒過多久，他們眼前就出現了一個
> 寬大得足以讓海格穿越的拱道，
> 通向一條蜿蜒向前，
> 直到看不見的圓石路。

「這是個觀月儀呢，老傢伙——這樣總不會再把月亮圖給搞得一團糟了吧？」

「好吧，你不想換雙新那你就試這種『鼠克好了。」

「鼎鼎大名的哈利波特，」馬份說「甚至連走進書店買本小書，也非要讓這變成一個頭條新聞。

「試試看這個。
欅木和龍的心弦，
九吋長，柔軟而順手。
現在拿著它揮動一下。」

「一共是三加隆，
九西可，
一納特……
付錢。」

「才剛推出……
最新型號……」

「喔，我要是你的話，
我才不會去看那本書呢……
這會讓你變得神經兮兮，
不管走到哪裡都會
看到死亡前兆，
光是這樣就可以
把人給活活嚇死。」

「我記得我賣出的每一根魔杖，
波特先生。
每一根我都記得。」

「我永遠也不會再進這種貨了，永遠不會！
這裡簡直變成了瘋人院！
我本來還以為，上次我們進的那兩百本
《隱形的隱形書》已經是最糟糕的了——
花了一大筆錢，結果卻連一本都找不到……」

「我想你未來
必然會有一番
很了不起的成就，
波特先生……」

「聽我說，哈利，
你可不可以讓我暫時離開一下，
到破釜去喝杯提神飲料？
我恨死古靈閣推車了。」

斜角巷一號

倫敦最古老的酒吧，
早在有查令十字路之前
就已經在這個地點

據說它是在十六世紀初建造的，
大約與斜角巷同一時期

破釜酒吧出售的一種啤酒，
「岡菁的老交際」，
由於味道太噁心，
以致沒有人能喝完一品脫

樓上有幾間供旅客住宿的房間

哈利住在十一號房時，
裡面有一張舒適的床，
幾件光澤閃亮的橡木家具，
一盆嗶啪作響的活潑爐火，
和一面掛在洗臉盆上方、
會說話的鏡子

「這是全世界
最快的飛天掃帚，
是不是啊，爸爸？」

「我父親在隔壁
替我買書，
我母親到街上
去找魔杖。」

「我想我還是
先逼我父親替我買一把，
反正我一定會找到方法
把它偷渡進去。」

「愛爾蘭國家代表隊
剛跟我訂了七根
這種漂亮寶貝！」

"哈利可以聽到背後那條
看不見的麻瓜街道上車輪滾動的聲音，
與下方斜角巷中隱形人潮的喧鬧聲。"

斜角巷的

—商店—

還有賣長袍的店，
賣望遠鏡和一些
哈利從沒見過的
古怪銀器的商店，
櫥窗裡擺滿了一簍簍
蝙蝠的脾臟和鰻魚眼珠、
堆成小山的符咒書、
羽毛筆和羊皮紙捲、
藥瓶、月球儀……

"他們走進一家藥房,這裡有一股像是臭蛋和腐爛包心菜的噁心氣味,它的迷人處卻足以彌補這個缺點。地板上放著一桶桶黏呼呼的怪東西,牆壁上排列著許多裝滿藥草、乾球根和鮮豔粉末的罐子,天花板上懸掛著成捆的羽毛、一串串尖牙和毛髮糾結的獸爪。"

斑點老鸛草

POWDERED
HORN
of a
BICORN
雙角獸角粉

非洲樹蛇皮

黏巴蟲
FLOBBERWORMS

用於使魔藥增稠的黏液

水仙球根
粉末

和苦艾汁加在一起
可調配出一飲活死水

毛糞石

從山羊胃裡取出的
一種石頭,對解毒
非常有效

百里香

用於製作
還魂水

○ 雛菊根(切碎)
○ 皺無花果(去皮)
○ 毛毛蟲(切片)
○ 老鼠脾臟(只要一個)
○ 水蛭汁(少許即可)

老鼠

脾臟

魚鰓草
用於水下呼吸

醃海葵鼠
• 觸手 •

海葵鼠精華液可舒緩出血和疔瘡。
食用後,它的生長物有助於
增強對詛咒和惡咒的抵抗力

過量可能會長出難看的紫色耳毛

參見第145頁一飲活死水配方

龍爪

據報導，
磨成粉能增強大腦作用

龍肝
DRAGON
LIVER

一盎司 **16** 西可

甲蟲
眼珠子

一約 **5** 納特

EEL EYES
鰻魚眼珠

蛇牙

治療疔瘡的簡易魔藥

- 磨碎的蛇牙
- 乾蕁麻

水蛭

牛扁
又名烏頭或附子

白鮮液

治外傷

用於製作愛情魔藥，
可以整個吃下去治療瘰疾

冷凍
火灰
蛇卵

INFUSION of WORMWOOD
苦艾汁

S
75

變身水成分：

- 草蜻蛉（熬煮二十一天）
- 水蛭
- 斑點老鶴草（月圓時摘的）
- 節草
- 雙角獸角（磨成粉）
- 非洲樹蛇皮（切碎）
- 再加一點你想變的人身上的東西

纈草根

草蜻蛉
LACEWING
FLIES

節草

啞鳥羽毛
Jobberknoll
Feathers

用於調配
「老實劑」
和
「記憶魔藥」

獨角獸
獸角

瞌睡豆
SOPOPHOROUS
BEANS

月長石
粉末

與黑藜蘆糖漿
混和調製安寧劑

21 加隆

奥利凡德

Ollivanders

優良魔杖製造商

創立自西元前 382 年

> 他們一踏進門內，
> 店內深處的某個角落就響起
> 一陣叮叮噹噹的鈴聲。
> 這是一個非常窄小的地方，
> 除了一張細長椅子之外，
> 其他什麼也沒有。
> 海格坐在椅子上等待。

蓋瑞克·奧利凡德被普遍認為是
世界上最好的魔杖製造師。
全球各地的女巫和巫師都會
來拜訪他位於斜角巷的魔杖店。
店面規模不大，卻很有名氣。

奧利凡德先生首先會為顧客測量
尺寸，然後為他們挑選魔杖
並讓他們試用。顧客試揮
不同魔杖，以便找到最適合
用來施展魔法的魔杖。

> 他從口袋中掏出一條
> 印著銀色條紋記號的長捲尺，
> 「哪一隻是你的魔杖手？」

> 「別忘了，是魔杖選擇它的巫師⋯⋯」
> 蓋瑞克·奧利凡德

↑ 雷木思·路平
獨角獸毛
柏木，10 ¼ 吋

↑ 蓋瑞克·奧利凡德
龍心弦
角木，12 ¾ 吋（微微柔軟可彎曲）

↑ 吉德羅·洛哈
龍心弦
櫻木，9 吋（微微柔軟可彎曲）

↑ 西碧·崔老妮
獨角獸毛
榛木，9 ½ 吋（非常柔韌有彈性）

↑ 奎里努斯·奎若
獨角獸毛
赤楊木，9 吋（可彎曲）

↑ 榮恩·衛斯理
獨角獸毛
柳木，14 吋

↑ 哈利波特
鳳凰尾羽
冬青木，11 吋（順手且柔軟靈活）

↑ 妙麗·格蘭傑
龍心弦
藤木，10 ¾ 吋

↑ 魯霸·海格
榛木，16 吋（非常柔軟可彎曲）

↑ 奈威·隆巴頓
獨角獸毛
櫻木

桃樂絲·恩不里居 ↑
樺木，8 吋
龍心弦

桑·米奈娃 ↑
榆木，9½ 吋（堅硬）
龍心弦

貝拉·雷斯壯 ↑
核桃木，12¾ 吋（不易彎曲）
龍心弦

湯姆·瑞斗 ↑
紫杉木，13½ 吋
鳳凰尾羽

莉莉·波特 ↑
柳木，10¼ 吋
（揮起來有颼颼聲）

詹姆·波特 ↑
桃花心木，11 吋
（可曲折）

彼得·佩迪魯 ↑
栗木，9¼ 吋（脆而易壞）
龍心弦

西追·迪哥里 ↑
梣木，12¼ 吋（輕快有彈性）
獨角獸毛

跩哥·馬份 ↑
山楂木，10 吋（彈性尚可）
獨角獸毛

魯休思·馬份 ↑
榆木
龍心弦

了解魔杖學請參見第 134 頁 ⚡→

" 這裡的灰塵與靜謐，
讓人感到其中似乎蘊藏了
某種秘密的魔法。 "

§
77

" 在那灰塵密布的櫥窗中，
一根魔杖孤零零地
躺在一個褪色的
紫色墊子上。 "

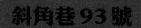

斜角巷93號
衛氏巫師法寶店

> 在四周貼滿了無聊告示的商店中間，
> 弗雷和喬治的櫥窗一枝獨秀，像煙火一樣引人注目。
> 經過的路人頻頻扭頭回望櫥窗，
> 有些目瞪口呆的人真的停了下來，一動也不動。
> 左邊的櫥窗展示了各式各樣超炫的商品，有的轉圈，
> 有的彈跳，有的發光，有的又蹦又叫。

白日夢咒

專利白日夢咒
輕鬆度過上課時間，而且幾乎無法察覺
（副作用包括表情茫然及輕微流口水）

※十六歲以下禁止購買

迷你毛毛球

> 「要是有任何人
> 想購買剛才在樓上展示
> 的可攜式沼澤，
> 請光臨斜角巷九十三號，
> 衛氏巫師法寶店……
> 本店隆重新開幕。」
>
> 弗雷·衛斯理

屏障手套和屏障帽

魔法部已買給部裡的職員使用

屏障斗篷

可食黑魔標記
雄吃鞋生編

吹舌太妃糖

嘖血泡泡豆

金絲雀奶油
每個7西可

伸縮耳

貓頭鷹郵購服

偽裝成產品以免被沒

摸魚點心盒
- 嘔吐糖片
- 發燒牛奶糖
- 昏幻糖
- 鼻血牛軋糖

秘密配方：黑妖精毒、
毒觸手種子·海葵鼠汁

兩端分別做成不同
顏色記號的耐嚼軟糖

經過試吃與試驗
霍格華茲禁止

吃半片會讓你
被抬出教室

吃另外半片會讓你恢復正常·
免去課堂上的無聊與發呆

嘔吐糖片

昏幻糖

鼻血牛軋糖

嘔吐糖片

發燒牛奶糖

昏幻糖

衛氏野火魔爆彈

基本型火焰盒
衝跳火焰豪華版

古里某街十二號

可於
倫敦古里某街十二號
找到
鳳凰會總部。

古里某街十二號
是最古老的巫師家族之一——
布萊克家族祖先的房子

天狼星
青少年時期的臥室

> " 哈利才剛回想到有關
> 古里某街十二號的部分,
> 在十一號和十三號之間
> 就冒出了一扇破爛的門,
> 髒兮兮的牆壁和窗戶
> 也跟著迅速出現,
> 就好像有一棟額外的房子
> 突然打足了氣,
> 硬是把兩旁的房子給推開。
> 哈利簡直看呆了,
> 十一號裡面重重的立體音響
> 聲仍然繼續,顯然住在裡頭
> 的麻瓜絲毫沒有察覺有什麼
> 不對勁。"

天狼星十六歲逃家,
但因他是布萊克家族碩果僅存
的一個,所以這棟
家族老宅歸他所有。

哈利和榮恩的房間牆上掛著
非尼呀·耐吉·布萊克
的肖像。

高尚古老的
布萊克大宅
「永遠純淨」

吉德羅·洛哈的
家庭清潔
指南

從古里某街走到王十字車站
大約二十分鐘

11
12

S
80

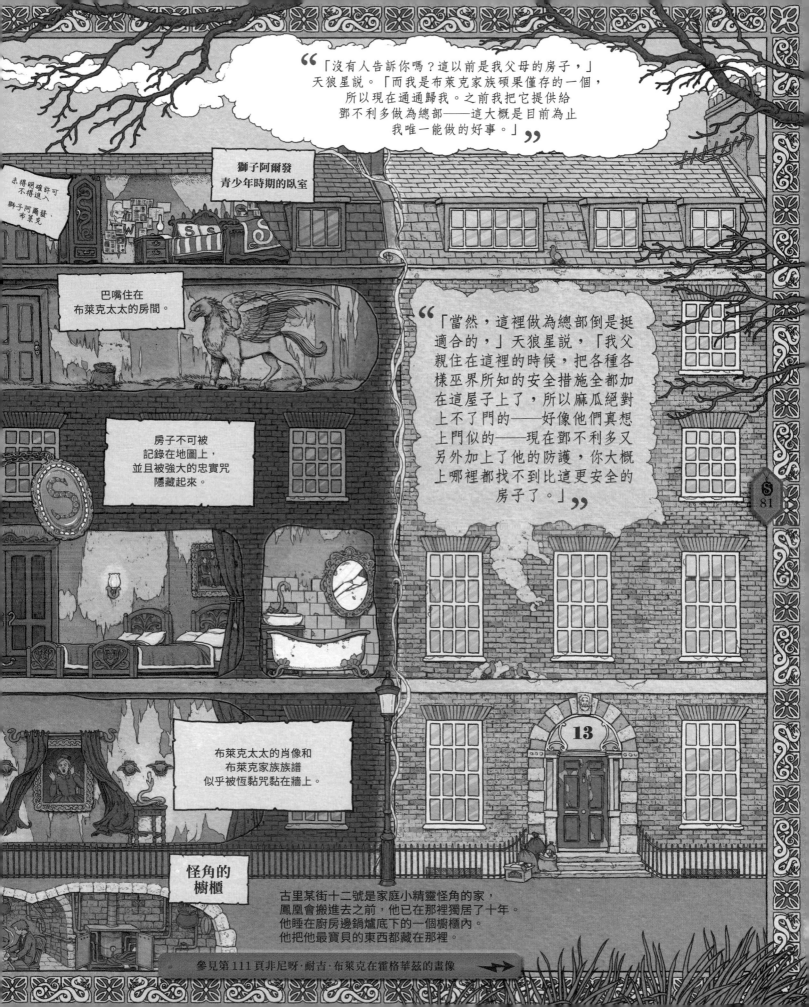

「沒有人告訴你嗎？這以前是我父母的房子，」天狼星說。「而我是布萊克家族碩果僅存的一個，所以現在通通歸我。之前我把它提供給鄧不利多做為總部——這大概是目前為止我唯一能做的好事。」

獅子阿爾發青少年時期的臥室

未得明確許可不得進入
獅子阿爾發‧布萊克

巴嘴住在布萊克太太的房間。

「當然，這裡做為總部倒是挺適合的，」天狼星說，「我父親住在這裡的時候，把各種各樣巫界所知的安全措施全都加在這屋子上了，所以麻瓜絕對上不了門的——好像他們真想上門似的——現在鄧不利多又另外加上了他的防護，你大概上哪裡都找不到比這更安全的房子了。」

房子不可被記錄在地圖上，並且被強大的忠實咒隱藏起來。

布萊克太太的肖像和布萊克家族族譜似乎被恆黏咒黏在牆上。

13

怪角的櫥櫃

古里某街十二號是家庭小精靈怪角的家，鳳凰會搬進去之前，他已在那裡獨居了十年。他睡在廚房邊鍋爐底下的一個櫥櫃內。他把他最寶貝的東西都藏在那裡。

參見第111頁非尼呀‧耐吉‧布萊克在霍格華茲的畫像 ➡

洞穴屋

洞穴屋是衛斯理一家人的家，
離奧特瑞聖凱奇波的麻瓜村莊有段距離。

> 哈利第一次走到廚房壁爐架前照鏡子時，那面鏡子突然大喊：「**把襯衫塞好，邋遢鬼！**」著實把他給嚇了一大跳。閣樓裡的惡鬼只要覺得家裡太過安靜，就會開始厲聲哭嚎並亂敲水管，而弗雷和喬治臥房中的小型爆炸，也被視為見怪不怪的家常便飯。不過，哈利卻發現在榮恩家生活最稀奇的一件事，並不是什麼會說話的鏡子或愛摔東西的惡鬼，而是這裡的每個人好像都很喜歡他。"

> 但哈利卻咧嘴露出一個燦爛的笑容：「這是我到過最棒的一棟房子。」榮恩連耳朵都變紅了。"

哈利認為洞穴屋是他「這個世界上第二喜歡的建築」。

廚房

> 榮恩住在這裡……還有衛斯理太太，她煮的東西是全世界最好吃的……"

洞穴屋

閣樓裡的惡鬼

榮恩的臥房

弗雷和喬治的臥房

衛斯理家的鐘

生命危險

監獄　　　　　　家

醫院　　　　　　學校

?　　　　　　工作

旅行中

衛斯理家擁有附近一片
樹木環繞的田園，
他們可以在那裡玩魁地奇
而不會被當地的麻瓜看到。

花園需要定期
清除地精。

衛斯理家的車庫
也是工作室，
衛斯理先生常在這裡
修理他蒐藏的
麻瓜小玩意兒。

活米村
是英國唯一完全沒有
麻瓜的村莊。

它是由
木透克羅夫特的
漢吉斯
在大約一千年前建立，
與霍格華茲差不多
同一時期。

活米村
是 1612 年
妖精叛亂的
總部。

霍格華茲三年級以上學生
可以在某些週末
去活米村玩，
但需要一位家長或
監護人的簽字許可書。

活米村

> 活米村看起來就像是一張聖誕卡，
> 那些小茅屋和商店上全都覆蓋著一層鬆軟的雪花。
> 家家戶戶門前懸掛著冬青花環，
> 樹上也環繞著一圈圈的魔法蠟燭。

蜂蜜公爵
糖果店

桑科的惡作劇商店

尖叫屋
就位於活米村，
據說是全英國
鬧鬼最兇的住宅。

劫盜地圖顯示出從渾拚柳通往尖叫屋，
以及從獨眼巫婆雕像通往
蜂蜜公爵糖果店地窖的秘密通道。

活米村車站
離村莊有點距離。

你能在第 118 頁找到全部七條通往活米村的密道嗎？　➡

高級巫師服飾

倫敦～巴黎～活米村

> 他們到「高級巫師服飾」
> 去替多比買禮物，他們挑了
> 一大堆他們所能找到最俗豔、
> 最恐怖的襪子，玩得非常開心。
> 其中一雙襪子上面有著閃閃發亮
> 的金銀星圖案，另外還有一雙
> 在臭得太厲害時
> 就會大聲尖叫。

豬頭酒吧

> 我們沒有違規。我還特別
> 問過孚立維教授學生到底
> 可不可以進入豬頭，他說可以，
> 不過他強烈建議我們要
> 自己帶杯子。

妙麗・格蘭傑

郵局

> 貓頭鷹坐在架子上朝他
> 嗚嗚輕啼，看起來少說也有
> 三百隻。貓頭鷹的品種從
> 大型的烏林鴞到超迷你的紅角鴞
> （僅限國內郵件）
> 應有盡有。

更多的通訊介紹
請見第42頁

更多的貓頭鷹介
紹請見第44頁

泥腳　　夫人茶館

§
85

寫字人
羽毛筆店

三根掃帚

德維 與 班吉
魔法用品店

蜂蜜公爵
糖果店

「特效」糖果

吹神超好吹
泡泡糖

薄荷潔牙線

胡椒鬼

冰鼠

薄荷蟾蜍

糖絲羽毛筆

會爆炸的夾心糖

桑科的惡作劇商店

> 他們在離開桑科的店時，
> 荷包比進來時輕了許多，但口袋
> 卻變得鼓鼓的，裝滿了屎炸彈、
> 打嗝糖、青蛙卵肥皂，另外
> 還一人買了一個
> 會咬人鼻子的茶杯。

尖叫屋

> 「甚至連霍格華茲的幽靈都
> 會避開這個地方。」榮恩說，
> 他們兩人靠在欄杆邊，抬頭打
> 量這棟房子，「我問過差點沒
> 頭的尼克……他告訴我，他聽
> 說這裡住了一群超級兇狠的厲
> 鬼，根本沒人能進得去。弗雷
> 和喬治顯然是試過，但所
> 有入口全都被封得
> 死死的……」

第53頁還有更多魔法零食

九又四分之三月台

要在學年開始時前往霍格華茲巫術與魔法學校的學生，
必須搭乘著名的霍格華茲特快車。
它在九月一日十一點從倫敦王十字車站
九又四分之三月台準時出發。

朝著第九和第十月台
中間的路障直接走過去
就能找到九又四分之三月台。

困難的是
這樣做但又不能引起
任何麻瓜的注意。

王十字車站
霍格華茲
特快車
月台 **9¾**

66 一輛猩紅色的蒸汽火車，停靠在一個
擠滿人潮的月台邊靜靜等候。
車頭上的招牌寫著：霍格華茲特快車，十一點。
哈利回過頭來望著身後，看到原先是票亭的地方
出現了一條熟鐵打造的拱道，上面有著一行字：
第九又四分之三月台。
他成功了。 99

霍格華茲特快車的確切來源不得而知，
但魔法部的紀錄詳細記載了英國施展一百六十七個
記憶咒和有史以來最大規模的隱藏咒。
在這些罪行發生後的第二天早上，
一輛猩紅色的蒸汽火車到來，
震驚了活米村的村民。
而在克魯的麻瓜鐵路工人都隱約有種不舒服
的感覺，好像他們把一個非常重要的東西
放錯了地方。

火車上有一台推車，
會在一點鐘經過車廂的走道。
推車上販賣的零食包括柏蒂全口味
豆、吹寶超級泡泡糖、巧克力蛙、南
瓜餡餅、大釜蛋糕和甘草魔杖。

❝窗外迅速飛逝的鄉野風光，
漸漸變得越來越荒涼。
精巧端整的農田已經失去蹤影，
現在只能看到濃密的樹林、
蜿蜒的河流和深綠色的山巒。❞

學校的級長們有他們自己的車廂，
並且不時在走道上巡邏。

學生們必須在火車抵達活米村之前
換上他們的學校長袍。

4

霍格華茲
的
邀請

每年九月一日，學生都要回到霍格華茲。邀請你一起漫遊這座城堡，探索那些隱密的角落，了解分類帽儀式、學院與交誼廳，以及學校的教授和他們所教的科目。尋找餐廳內的幽靈、看看霍格華茲圖書館的藏書，並探訪萬應室。你甚至可能發現劫盜地圖的秘密。惡作劇完成！

學校大門

魁地奇
球場

魁地奇
練習場

掃帚庫

大湖

> 「歡迎！」
> 鄧不利多說，燭光將他的鬍鬚照得閃閃發亮，「歡迎大家到霍格華茲來度過新的一年！」

> 一整列小船就這樣同時向前移動，
> 迅速滑過像鏡子般平滑的湖面。
> 大家都非常安靜，默默望著遠方那座巨大的城堡。
> 越來越靠近城堡所在的懸崖時，
> 它巍峨的建築就等於是矗立在他們的頭頂上方，
> 居高臨下地俯瞰著。

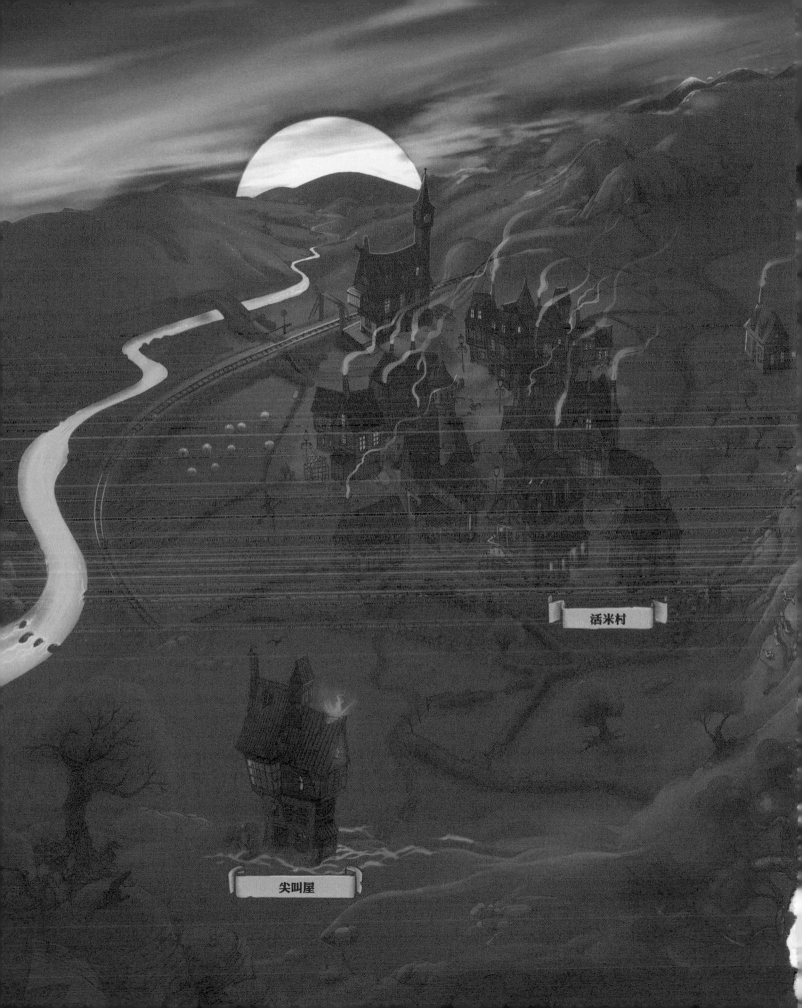

活米村

尖叫屋

搭騎士公車

騎飛天掃帚

和鳳凰佛客使一起飛翔

DRACO DORMIENS NUNQUAM TITILLANDUS

WELCOME TO HOGWARTS SCHOOL OF WITCHCRAFT AND WIZARDRY

歡迎來到

霍格華茲

巫術

與

魔法學校

使用港口鑰

坐波巴洞馬車

搭乘德姆蘭校船

乘坐小船過湖

飛天馬車

騎鷹馬巴嘴

借一輛飛行汽車

透過呼嚕網

DRACO DORMIENS NUNQUAM TITILLANDUS

WAYS TO AND FROM BRITAIN'S FAMOUS WIZARDING SCHOOL

往來

英國著名

魔法學校的

方式

乘坐騎士墜鬼馬

透過消失櫥櫃

坐霍格華茲馬車

穿過地下通道

搭乘霍格華茲特快車

禁忌森林

狹窄的通道驀地敞開，
通向一個寬闊的黑色湖泊。
在湖對岸的高山頂端，
矗立著一座尖塔成群的巨大城堡，
無數明亮的窗口在星空下閃爍發光。

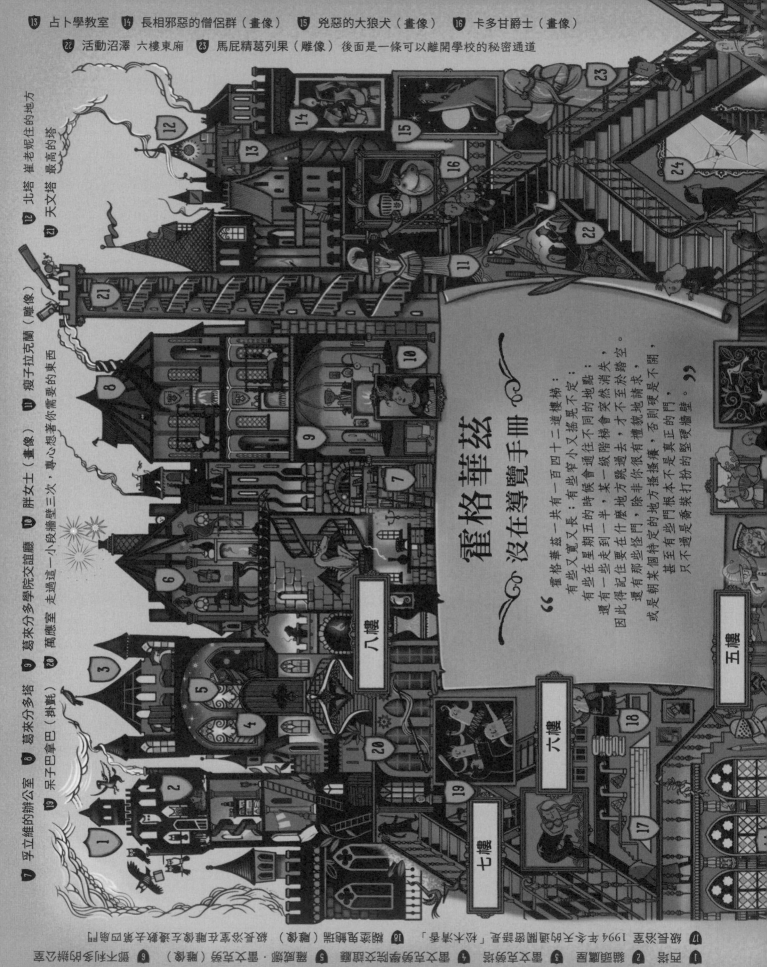

㉔ 通往活米村的秘密通道 藏在鏡子後面，已經塌毀了 ㉕ 愛哭鬼麥朵的廁所 ㉜ 紫羅蘭（畫像）胖女士的朋友

㉝ 戴假髮的女巫（畫像） ㉞ 四樓右手邊的走廊 如果不想七竅流血、痛苦慘死，就絕對不要踏入

㉗ 赫夫帕夫學院交誼廳

㉘ 餐廳 天花板被施了魔法，看起來像天空 ㉙ 廚房 ㉚ 羅拉札·史萊哲林（雕像）

㉟ 消失的密室 只有會說爬說語的人才能打開密室 ㊱ 羅拉札·史萊哲林學院交誼廳 從它的窗戶望出去能看到湖

㉟ 裝滿水果的大碗（畫像）在巨大的綠色梨子上搔搔癢，它就會變成廚房的門把 ㉟ 魔藥學教室

分類帽

98

> 「歡迎來到霍格華茲，」
> 麥教授說，「開學宴馬上就要開始了，
> 不過，在你們到餐廳入席之前，
> 必須先經過分類，
> 分別進入各自的學院。」

> 麥教授默默搬來一張四腳凳，
> 放在一年級新生面前，哈利立刻垂下眼
> 光。她在凳子上放了一頂尖尖的巫師帽。
> 這頂帽子上到處是補釘，
> 磨損得非常厲害，而且髒得要命。

分類帽的歷史

- 相傳它一度屬於高錐客·葛來分多，
  後來被施了魔法，擁有霍格華茲四位創始
  人的智慧

- 從這四位創始人的時代迄今，每一位
  霍格華茲學生都曾戴上分類帽，並被分發
  到一所學院

- 帽子放在校長辦公室的架子上，每年一次
  被拿下來放在一張凳子上進行分類儀式

- 帽子每年唱的歌都不一樣，如果它感知到
  霍格華茲面臨巨大危險，它也會向學校提
  出警告

- 傳說在緊急需要的時候，
  只有真正的葛來分多學生才有辦法從帽子
  裡拔出葛來分多寶劍

- 分類帽將所有霍格華茲一年級新生
  分發到他們的學院

- 這頂帽子能用一種名為「破心術」的
  魔法，深入戴帽者的思想

- 它可以預見戴帽者的能力，甚至能
  與他們交談，並將他們的選擇
  列為考慮

- 帽子有時可以立刻
  叫出學院名稱，有
  時得花些時間才能
  做出決定

- 超過五分鐘以上才被
  分院的學生被稱為
  「分院難題生」

> 帽簷邊的一道裂縫像嘴巴似地大大散開——帽子大聲唱起歌來：

> 「喔，你們大概覺得我不夠漂亮，
> 千萬別用外表來評斷一切，
> 要是你們能找到一頂
> 比我更聰明的帽子，
> 我就自己把自己給吞得精光。
> 你們大可讓你的圓頂禮帽漆黑如墨，
> 讓你的高頂絲帽高挺又閃亮，
> 我可是霍格華茲的分類帽，
> 自然比它們更炫更棒。」

"大約在一千多年以前，
我才剛被縫製得亮麗新鮮，
有四位非常著名的巫師，
他們的名字至今依然廣為人知：
來自荒野，
英勇無匹的葛來分多，
出身峽谷，
公正無私的雷文克勞，
溫柔和藹的赫夫帕夫，
成長於寬闊溪谷，
精明機智的史萊哲林，
生活在沼澤泥淖，
他們共同擁有一個願望，
一種希冀，一份夢想，
他們籌劃出一個大膽的計畫，
準備教育年輕的魔法家，
而霍格華茲學院就這樣開始打出天下。
現在這四位創辦人，
分別成立屬於自己的學院，
因為每個人對於學生所應具備的優點，
都有著各自不同的意見。
葛來分多認為，勇者
比其他人更加珍貴！
雷文克勞覺得，智者
總是格外出類拔萃；
赫夫帕夫心想，勤奮的人
最有資格入學用功；
而渴望權力的史萊哲林，
卻對野心勃勃的人情有獨鍾。
當他們還活在世上，
選擇愛徒時就已經各自為謀，
等他們死了以後，
這個問題不是就變得更加棘手？
於是葛來分多想出明路一條，
他伸手一揮，
讓我從他頭上往下掉，
四名創辦人分別給了我一點兒聰明腦，
所以我就可以代他們來好好挑一挑！
現在快把我舒舒服服套上你的耳朵，
我可從來沒出過半點兒差錯，
讓我來好好看清你的心靈，
並告訴你
該到哪張餐桌去坐！"

99

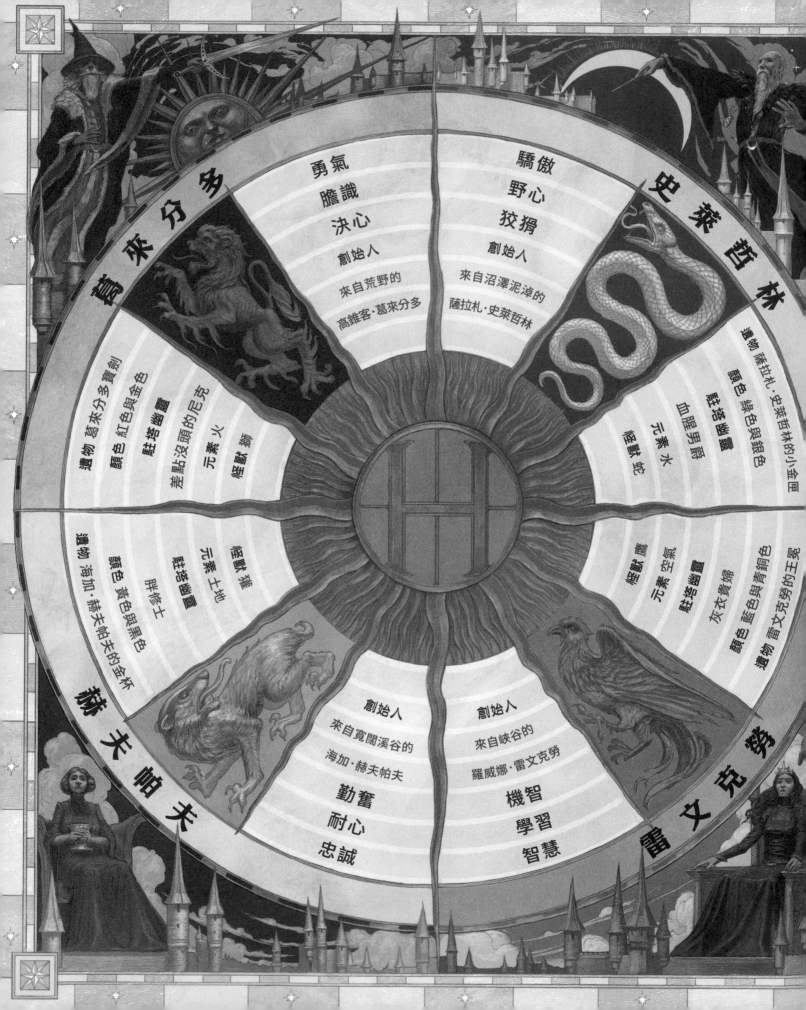

文妲·布朗
西莫·斐尼干
妙麗·格蘭傑
奈威·隆巴頓
芭蒂·巴提
哈利波特
丁·湯馬斯
榮恩·衛斯理

米莉森·布洛德
文生·克拉
葛果里·高爾
月桂·綠茵
跩哥·馬份
喜多·諾特
潘西·帕金森
布雷司·剎比

漢娜·艾寶
蘇珊·波恩
賈斯汀·方列里
阿尼·麥米蘭

泰瑞·布特
曼蒂·布洛賀
麥可·寇那
安東尼·金坦
芭瑪·巴提
莉莎·杜平

哈利的分類儀式

在霍格華茲第一個學期開始時，
哈利和他的同學一個接一個被叫到名字，
分到他們的學院。

101

"「分類是一項非常重要的儀式，因為，在就學期間，
你們的學院，就好像是你們在霍格華茲的家一樣。
你們要跟學院裡的其他學生一起上課，
在學院宿舍裡睡覺，在學院的交誼廳裡度過休閒時間。」"

麥教授

葛來分多？

"你也許是屬於葛來分多，
那裡有著蘊藏在內心深處的勇氣，
他們的勇敢、活力和騎士精神，
是葛來分多特有的最大利器。"

赫夫帕夫？

"你或許是屬於赫夫帕夫，
那裡的人既正直又忠貞，
耐力十足的赫夫帕夫學生誠實無欺，
且不畏任何勞苦艱辛。"

史萊哲林？

"或者你也可能會來到史萊哲林，
你可以在這兒遇到氣味相投的兄弟，
那些狡猾多謀的人將會不擇任何手段，
只求達到他們的目的。"

雷文克勞？

"若是你心思敏捷，
就可以進入智慧的老雷文克勞，
那些機智而博學的好學之士，
將會在這裡找到自己的同好。"

無恥畜生 ● 怪粗釘 ● 輕浮饒舌 ● 胡言亂語
蒔蘿肉泥餅 ● 節制 ● 廉價飾品 ● 魁地阿奇斯
肉垂鳥 ● 龍渣

名人
阿不思・鄧不利多 ● 天狼星・布萊克

入口
牆上有一個圓洞，
藏在胖女士畫像後面。

如何進入
對胖女士說出通關密語。

胖女士的通關密語中有些是拉丁語，「龍
渣」原文是「Caput Draconis」；「最年長的
命運女神」原文是「Fortuna Major」；而「
魁地阿奇斯」原文是「Quid agis」，
意思是「你好嗎」或「情況如何」。

學院導師
麥教授

學院級長
妙麗・格蘭傑 ● 榮恩・衛斯理

交誼廳
葛來分多交誼廳
位在三座最高的塔樓之一，
八樓有一個入口。
你也可以從三樓穿過一幅
掛氈抄捷徑過去。

交誼廳內有軟墊椅子和會搖晃的桌
子，布告欄被用來張貼出售舊符咒書、交
換巧克力蛙卡，以及弗雷與喬治徵求摸魚
點心盒試驗者的訊息。

葛來分多

「葛來分多堅持：
「我們的學生必須無比英勇。」」

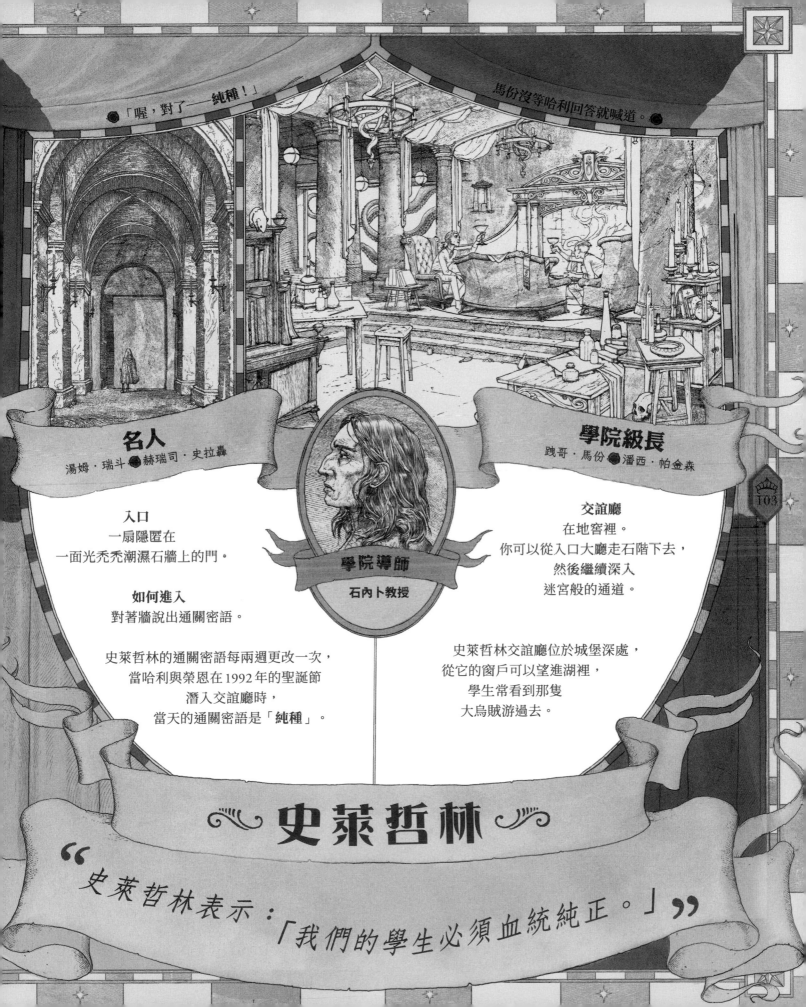

名人

湯姆·瑞斗 ● 赫瑞司·史拉轟

學院導師

石內卜教授

學院級長

跩哥·馬份 ● 潘西·帕金森

入口

一扇隱匿在
一面光禿禿潮濕石牆上的門。

如何進入

對著牆說出通關密語。

史萊哲林的通關密語每兩週更改一次，
當哈利與榮恩在 1992 年的聖誕節
潛入交誼廳時，
當天的通關密語是「純種」。

交誼廳

在地窖裡。
你可以從入口大廳走石階下去，
然後繼續深入
迷宮般的通道。

史萊哲林交誼廳位於城堡深處，
從它的窗戶可以望進湖裡，
學生常看到那隻
大烏賊游過去。

史萊哲林

"史萊哲林表示：「我們的學生必須血統純正。」"

名人

紐特·斯卡曼德 ● 西追·迪哥里

學院導師

芽菜教授

學院級長

漢娜·艾寶 ● 阿尼·麥米蘭

入口
隱藏在一堆桶子當中，從底部
算起第二排中間的桶蓋後面。

如何進入
在桶子上敲出
「海加·赫夫帕夫」的節奏。

如果學生敲錯節奏或敲錯桶子，
進入交誼廳後會被淋一身醋。

交誼廳
在地下室。
從入口大廳走樓梯下去，
沿著一條燈火通明、有食物畫像
的通道走，圖中會經過廚房。

芽菜教授是藥草學老師
兼赫夫帕夫學院導師，
用各式各樣的植物裝飾交誼廳，
其中一些植物會說話和跳舞！

赫夫帕夫

> 赫夫帕夫則說：
> 「我是有教無類，對學生完全一視同仁。」

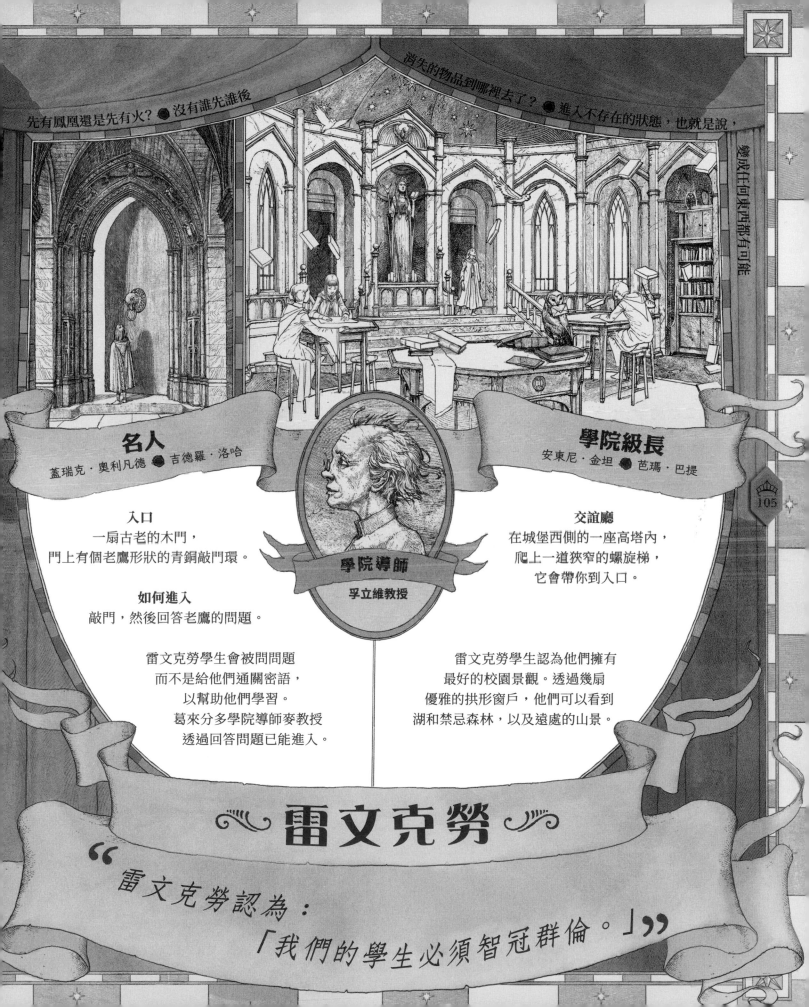

名人

蓋瑞克·奧利凡德 ● 吉德羅·洛哈

學院級長

安東尼·金坦 ● 芭瑪·巴提

學院導師

孚立維教授

入口

一扇古老的木門，
門上有個老鷹形狀的青銅敲門環。

交誼廳

在城堡西側的一座高塔內，
爬上一道狹窄的螺旋梯，
它會帶你到入口。

如何進入

敲門，然後回答老鷹的問題。

雷文克勞學生會被問問題
而不是給他們通關密語，
以幫助他們學習。
葛來分多學院導師麥教授
透過回答問題已能進入。

雷文克勞學生認為他們擁有
最好的校園景觀。透過幾扇
優雅的拱形窗戶，他們可以看到
湖和禁忌森林，以及遠處的山景。

雷文克勞

雷文克勞認為：
「我們的學生必須智冠群倫。」

霍格華茲
的
萬聖節

" 等到萬聖節來臨時，哈利開始為自己輕率答應去參加忌日宴會而感到後悔。率領他去參加他們的萬聖節宴會，跟往年一樣的萬聖節宴會，海格讓三個成年人坐在裡面的燈籠，而且讓鄧不利多還請了一個骷髏舞團來替大家表演助興呢。"

應該其他學校其他人全都高高興興地去參加餐廳裡布置好，餐廳裡已布置好的大南瓜也刻成了大得足夠大南瓜

" 一千隻蝙蝠拍著翅膀從牆壁和天花板飛出來，另外還有一千隻蝙蝠像一片黑壓壓的雲層，在餐桌上方飛來撲去，把南瓜裡的蠟燭掃得劈啪作響。"

高桌

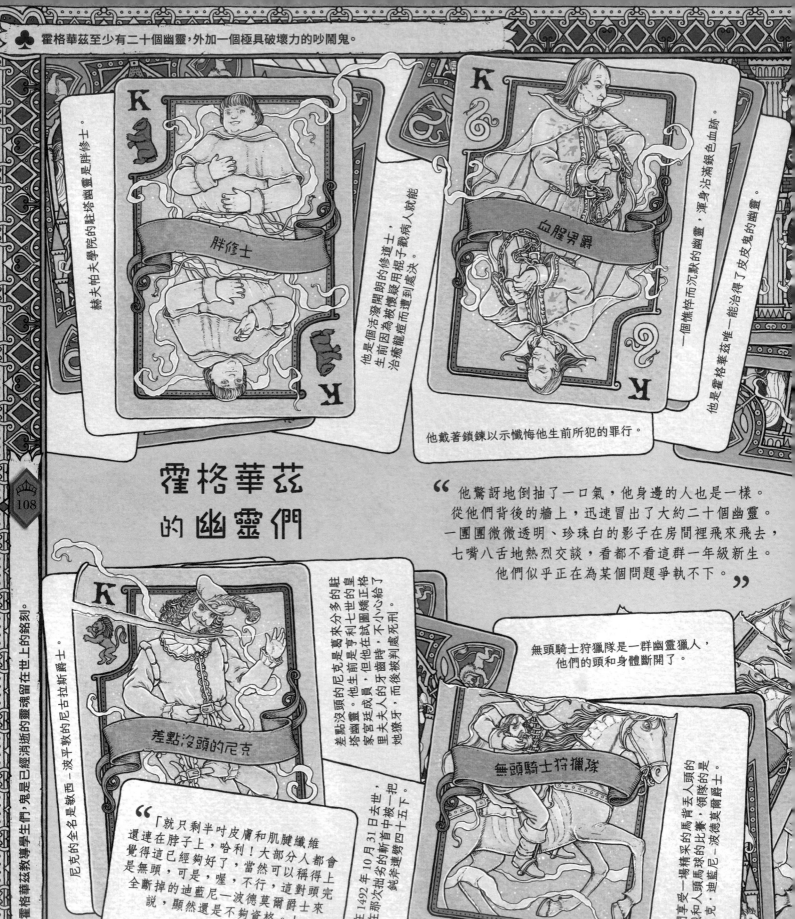

胖修士

他是個活潑開朗的修道士，
生前因為被懷疑用棍子毆病人就能
治癒龍痘而遭到處決。

赫夫帕夫學院的駐校幽靈是胖修士。

血腥男爵

一個憔悴而沉默的幽靈，渾身沾滿銀色血跡。

他是霍格華茲唯一能治得了皮皮鬼的幽靈。

他戴著鎖鍊以示懺悔他生前所犯的罪行。

霍格華茲
的幽靈們

66 他驚訝地倒抽了一口氣，他身邊的人也是一樣。
從他們背後的牆上，迅速冒出了大約二十個幽靈。
一團團微微透明、珍珠白的影子在房間裡飛來飛去，
七嘴八舌地熱烈交談，看都不看這群一年級新生。
他們似乎正在為某個問題爭執不下。 99

差點沒頭的尼克

差點沒頭的尼克是來多芬的駐校幽靈。他生前是亨利七世的皇家宮廷成員，但他在試圖矯正格里夫人的牙齒時，不小心給了她撩牙，而後被判處死刑。

尼克的全名是敏西・波平敦的尼古拉斯爵士。

66 「就只剩半吋皮膚和肌腱纖維
還連在脖子上，哈利！大部分人都會
覺得這已經夠好了，當然可以稱得上
是沒頭的，可是，喔，不行，這對頭
全斷掉的迪藍尼一波德莫爾爵士來
說，顯然還是不夠資格。」 99

尼克在 1492 年 10 月 31 日去世，他在那次拙劣的斬首過程中被一把鈍斧連劈劈四十五下。

無頭騎士狩獵隊

無頭騎士狩獵隊是一群幽靈獵人，他們的頭和身體斷開了。

他們享受一場精采的馬背丟人頭的比賽，領隊的是派屈克・迪藍尼-波德莫爾爵士。

霍格華茲教導學生們，鬼是已經消逝的靈魂留在世上的銘刻。

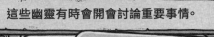

Q
灰衣貴婦

最孤僻的鬼魂是雷文克勞的駐塔幽靈灰衣貴婦。

她因為拒絕向她求愛的人而被一怒之下刺死。

A
丙斯教授

丙斯教授是霍格華茲唯一由幽靈擔任的老師，教授魔法史。

眾所周知，他的課堂上唯一刺激的一件事就是他曾慣慣從黑板進出。

「——當然啦，她後來就跑到魔法部去告狀，不准我再偷偷跟蹤她，所以我就只好回到這裡，住在我的馬桶裡面囉。」

麥朵·伊莉莎白·沃倫去世時是霍格華茲的學生。

和幽靈不一樣，皮皮鬼不是透明的，但他可以讓自己隱身。

很多人都說，他其實根本就沒注意到自己已經死了。他只不過是有天早上起床時，把他的身體留在教師休息室爐火前座椅中忘了帶走而已；在那之後，他的日常生活就從未有過絲毫變化。

109

A
愛哭鬼麥朵

她死後回來，轟咚不放。死燈者奧莉·

吵鬧鬼皮皮鬼
J

麥朵的鬼魂經常出沒霍格華茲的一間女廁所，這是一個隱藏秘密的地方。

皮皮鬼還可以移動物體，使他自己成為喜歡帶來破壞與煩亂的空中威脅。

1876年，學校管理員藍柯羅斯·卡普做出將皮皮鬼逐出霍格華茲的最大災難性嘗試。它包括一個精心設計的陷阱，用各式各樣的武器當誘餌。皮皮鬼不僅輕鬆逃出陷阱，而且他還因此擁有了彎刀、十字弓、一把大口徑步槍和迷你加農炮。城堡被疏散，皮皮鬼向窗外開火，並以死亡威脅所有人來取樂。為期三天的對峙以允許皮皮鬼享有額外特權而結束，例如：每週一次在地面樓層的男廁所游泳，優先從廚房取得不新鮮的麵包到處亂扔，以及一項由巴黎的邦那比勒夫人專門為他訂製的帽子。

吵鬧鬼擁有可以隱身、砰砰的一聲關門，和製造騷亂的實體。

無頭騎士狩獵

◆ 嚴格說來，吵鬧鬼皮皮鬼不是幽靈。

鄧不利多的辦公室

「這是一個寬敞美觀的圓形房間，充滿了許多奇異有趣的小聲音。一張細腿細腳的圓形餐桌上，擺了一些稀奇古怪的銀色儀器，它們在桌上不停滴滴答答地旋轉，並撲撲地噴出許多小團煙霧。」

「佛客使是一隻鳳凰，哈利。鳳凰在死亡時會化成火焰，然後再從灰燼中浴火重生。你看他……」
鄧不利多教授

鳳凰的生命週期

太妃糖泡芙

醋酸果

嘶嘶咻咻蜂

巧克球

檸檬雪寶

「他們繞著圓圈不斷向上攀升，升得越來越高，最後，開始感到微微暈眩的哈利，終於看到前方出現了一扇光澤閃亮的橡木大門，上面有一個鷹身獸形狀的黃銅門環。他知道他被帶到了哪裡，這必然就是鄧不利多住的地方。」

「那個石像鬼突然活了過來，並跳到一旁，而它後面的牆壁也裂成了兩半……牆壁後面有一列不斷向上移動的螺旋梯，看起來就像是一道超長的電動手扶梯。」

阿不思·
鄧不利多

熄燈器

謎思盆

“
櫃子裡放了一個
淺淺沒有綠的石盆，盆的邊
緣有著古怪的雕刻圖案
，都是一些古代的東西
不懂的古文字與符號。
銀光是盆裡裝出來的，
所發出來的
它跟哈利以前
看過的東西
全都不一樣。
”

非尼呀·耐吉·
布萊克教授

阿曼多·狄劈教授

埃拉教授

得麗·德溫教授

岱思特·福球教授

梅林勳章

葛來分多寶劍

分類帽

“「埃拉和得麗是霍格華茲幾位最有名的校長中的
兩位。」鄧不利多說。他朝哈利、榮恩和華麗華大鳥，
夫近那名氣大到許多重要的巫師機構都懇掛他們的畫像。
「他們的名氣大到許多重要的巫師機構都懇掛他們的畫像。
由於他們能夠在畫像中來去自如，
所以才能告訴我們別的地方發生了什麼事……」”

參閱第 42 頁的對應畫像

秋季
學期

九月一日霍格華茲展開新學年：
霍格華茲特快車十一點從
王十字車站出發，學生們抵達學校
參加開學盛宴和分類儀式

學院的魁地奇球隊
選拔球員

三年級以上學生
如果有一位家長或
監護人授權同意，
週末就可以去活米村玩

十月三十一日萬聖節盛宴

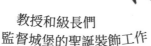

**魁地奇
賽季開始**

教授和級長們
監督城堡的聖誕裝飾工作

聖誕節前兩週
麥教授登記願意
留在霍格華茲過節的學生名字

聖誕節假期

> 餐廳看起來壯觀至極。
> 牆上掛滿了冬青木與櫟寄生
> 編成的花綵裝飾，
> 四周矗立著至少十二株
> 高聳的聖誕樹，
> 有些掛滿了晶瑩剔透的小冰柱，
> 有些閃爍著數百枝蠟燭。

學年
大事

校歌

> 「大家各自選擇自己
> 最喜歡的曲調，」
> 鄧不利多說，
> 「一，二，三，唱！」

> 霍格華茲，霍格華茲，
> 霍霍格格霍格華茲，
> 求求你教給我們一些知識，
> 不論我們是禿頭老人
> 還是膝上帶疤的年輕小子，
> 我們的腦袋需要裝進
> 一些有趣的玩意，
> 因為現在裡面空空洞洞，
> 充滿空氣，死蒼蠅和瑣瑣細細，
> 所以請教給我們一些
> 值得學習的東西，
> 召回我們遺忘已久的記憶，
> 你們只要盡力去做，
> 其他的就交給我們自己，
> 我們會用力學習直到頭殼壞去。

春季
學期

三年級以上學生
如果有一位家長或監護人的
簽名同意書，可以繼續去活米村玩

二月十四日 情人節

「我友善的送卡小愛神！」
洛哈笑吟吟地説，
「他們今天一整天，都會忙著在校園裡
走來走去，替大家送情人節卡片！
而且還有更好玩的哱！我很確定，我的
同事們也樂意與我共襄盛舉。
大家可以去問問石內卜教授，該怎麼樣
調製愛情魔藥呀！而且我還可以在此對
大家透露，孚立維教授是我見過的巫師
裡面，最厲害的一位魔法媚術專家，
真是頭狡猾的老狐狸！」

十七歲以上的學生
能修現影術課程

復活節假期

二年級生選修第三年要學的科目，
五年級生必須先接受就業諮詢，
而後才選修他們的
超勞巫測科目。

夏季
學期

葛來分多與史萊哲林的對抗賽，
訂在復活節假期後的第一個星期六
舉行。史萊哲林目前在比賽排名中，
是以兩百分的差距遙遙領先。
這表示（木透不厭其煩地反覆提醒他的
球員們）他們至少得贏上兩百分以上，
才能獲得冠軍獎盃。

如果有一位家長或監護人
授權同意，三年級以上學生
週末可以去活米村玩

魁地奇決賽
學院間魁地奇球賽頒獎

期末考
五年級生考普等巫測，
七年級生考超勞巫測

年終宴會
學院盃頒獎

學年結束
霍格華茲特快車
從活米村車站出發

暑假
（普等巫測與超勞巫測成績
將於七月由貓頭鷹送出）

學院盃

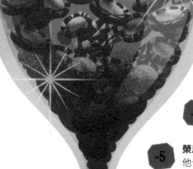

「在霍格華茲的就學期間，
你們的每一項傑出表現，都會為你的學
院加分，而每一次違規，也都會使你的
學院扣分。
到了學年結束的時候，
得分最多的學院可以贏得學院盃，
這是一份非常崇高的榮譽。
我希望這裡的每一個人，
不論是分配到哪一個學院，
都能替自己的學院爭光。」

麥教授

116

-1　**哈利**，因為在第一堂魔藥學
課堂上頂撞師長

-1　**哈利**，因為第一堂魔藥學課上奈
威犯錯，老師責怪哈利沒有糾正他

+1　**妙麗**，
因為她了解轉換咒

-5　**妙麗**，
因為她說她去尋找山怪

+5　**哈利**，
因為他制伏山怪

+5　**榮恩**，
因為他制伏山怪

萬聖節
扣5分
加10分
獲得終身友誼

-5　**哈利**，因為他把
圖書館的書帶出學校

-5　**榮恩**，因為馬份侮辱他之後
他予以反擊

但沒人發現他們其實
是要把一隻龍寶寶偷
運出霍格華茲

-50　**哈利**，因為他半夜一點
爬上天文塔

-50　**妙麗**，因為她半夜一點
爬上天文塔

-20　**跩哥**，因為他三更半夜
在走廊上遊蕩

-50　**奈威**，因為他離開宿舍
去警告他們可能會被逮到

312　　年終宴會時的積分　　472

+50　**榮恩**，因為他下了霍格華茲
多年來最精采的一盤棋

+50　**妙麗**，由於她在面
對烈火門時，冷靜
運用邏輯脫困

他們逃離
四樓右手邊的
走廊！

+60　**哈利**，因為他展現出
純真的豪情與驚人的
勇氣

+10　**奈威**，因為他展現
非凡的勇氣反抗他
的朋友

學院盃在年終宴會上頒獎，
餐廳裝飾採用獲勝學院的
顏色與旗幟。

482　　葛來分多的最後積分

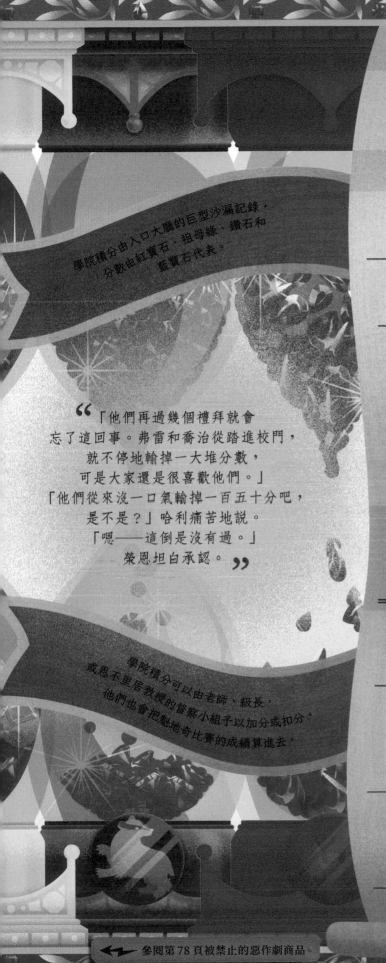

學院積分由入口大廳的巨型沙漏記錄，分數由紅寶石、祖母綠、鑽石和藍寶石代表。

> " 「他們再過幾個禮拜就會忘了這回事。弗雷和喬治從踏進校門，就不停地輸掉一大堆分數，可是大家還是很喜歡他們。」
> 「他們從來沒一口氣輸掉一百五十分吧，是不是？」哈利痛苦地說。
> 「嗯——這倒是沒有過。」榮恩坦白承認。 "

學院積分可以由老師、級長，或恩不里居教授的督察小組予以加分或扣分。他們也會把魁地奇比賽的成績算進去。

參閱第78頁被禁止的惡作劇商品

級長

☞ 被期待執行學校規定*、巡視走廊，必要時引導學生去宿舍。

☞ 特權包括：霍格華茲特快車上有他們的專屬車廂，以及一間有枝形吊燈和跳水台的專屬浴室。

（一些）學校規定 **

禁忌森林
禁止所有學生進入

三年級以下的學生
不准去活米村

下課時間
不得在走廊上施展魔法

三年級生
只能在某些週末去活米村，而且**必須**有家長簽名同意書

天黑後學生**不得**在學校裡亂晃

五年級以上的學生獲准在走廊上逗留到九點

男生不可以去女生宿舍，但女生可以去男生宿舍

這個老式規定可以追溯到霍格華茲創始人的時代

一年級新生**不准**擁有飛天掃帚

愛情魔藥在霍格華茲是禁止物品

117

哈利一年級時

 不想**七竅流血痛苦慘死**的人，**絕對不要**踏進四樓右手邊的走廊

除了上課之外，**禁止**上去天文塔

不准任何學生未得到許可就擅自離開學校

哈利三年級時，催狂魔負責看守學校

圖書館的書**不准**帶出去

這條可能是石內卜教授專為哈利制定的

全面禁止在衛氏巫師法寶店購買的任何商品

禁止帶入城堡的物品又多添了幾項，所有品項清單放在飛七辦公室內或貼在他的門上

到了哈利四年級時，禁物清單總共有437項，包括會尖叫的溜溜球、長牙齒的飛盤，和一直緊追著人不放的迴力鏢。

* 就算弗雷與喬治是他們的兄弟。

** 特殊情況例外，例如學生被罰勞動服務時，或者成為學院魁地奇球隊最年輕的代表球員。

教授與科目

「他要上的可是全世界最棒的魔法與巫術學院啊，
七年之後，他就會脫胎換骨。在那裡他可以換個環境，
跟一些和他同類的小孩子一起念書，
還可以接受有史以來最偉大的霍格華茲校長，
阿不思·鄧不利多的教導——」

魯霸·海格

「事實上，我們的選擇，
遠比我們的天賦才能，更
能顯示出我們的真貌。」

阿不思·鄧不利多
教授
—校長—

（第一級梅林勳章、大魔法師、
巫審加碼首席魔法師、國際巫師聯盟主席）

「我可以教導你們如何萃取名聲，熬煮榮耀，
甚至阻止死亡——前提是，你們不能像我常常教到的
那些超級蠢蛋那麼愚昧。」

麥米奈娃教授
**副校長、
葛來分多學院導師**
—變形學—

「在我看來你健康得很，波特，
所以請你原諒我今天不能讓你免
寫功課。我向你保證，
你要是死掉的話，
自然就不用再交什麼作業了。」

賽佛勒斯·石內卜
教授
史萊哲林學院導師
—魔藥學—

菲力·孚立維
教授
雷文克勞學院導師
—符咒學—
「揮和彈，記住，
揮和彈。」

帕莫娜·芽菜
教授
赫夫帕夫學院導師
-藥草學-

「小心毒觸手，
牠們有牙齒。」

西碧·崔老妮
教授
—占卜學—

「一個人總不能
到處烱耀自己
無所不知吧。」

羅蘭達·胡奇
夫人
—魁地奇—

卡斯伯特·丙斯
教授
—魔法史—

幽靈老師

魯霸·海格
教授
—奇獸飼育學—

「別傻了，我哪會
帶什麼危險怪獸去教你們！」

奎里努斯·奎若
教授
~~黑魔法防禦術~~

參閱
下

赫瑞司·史拉轟
教授

—魔藥學—

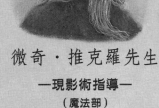

微奇·推克羅先生

—現影術指導—
（魔法部）

「目的地、決心、謹慎！」

翡冷翠
教授

—占卜學—

薇米·葛柏蘭
教授

—代課老師—

芭斯謝達·巴布林
教授

—古代神秘文字—

奧羅拉·辛尼區
教授

—天文學—

慈恩·波八吉
教授

~~麻瓜研究~~

艾朵·卡羅
教授

—麻瓜研究—

薇朵·維克多
教授

—算命學—

「我不知道，
我怎麼知道？
閉嘴！」　艾米克·卡羅
教授

~~黑魔法防禦術~~

厚樂絲太太

阿各·飛七先生

—學校管理員—

「管理員飛七先生要我告訴大家，
這是他第四百六十二次提醒各位，
下課時間不得在走廊施展魔法。」

厄瑪·平斯
夫人

—圖書館管理員—

帕琵·龐芮
夫人

—學校護士長—

賽佛勒斯·石內卜
教授

—黑魔法防禦術—

現在

吉德羅·洛哈
教授

~~黑魔法防禦術~~

新的

雷木思·路平
教授

~~黑魔法防禦術~~

現在是

阿拉特·「瘋眼」
穆敵教授

~~黑魔法防禦術~~

「隨時提高警覺！」

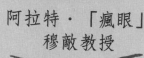

然後現在

現在是

「嗯哼，
嗯哼。」

桃樂絲·恩不里居
教授

~~黑魔法防禦術~~

魔藥學

❝石內卜教授強迫他們研究解毒劑，他們對這完全不敢掉以輕心，因為他對大家暗示說，他有可能會在聖誕節之前挑個人對他下毒，好看看他們的解毒劑到底有沒有效。❞

黑魔法防禦術

❝「作業：以我打敗瓦加瓦加狼人的英勇事蹟為題作一首詩！寫得最好的人，可以得到一本我親筆簽名的《神奇的我》作為獎品！」❞

洛哈教授

溶泥·哇吱哩

❝「你用的到底是什麼羽毛筆？」
「是弗雷和喬治的拼字校正筆……但我想法力一定已經失效了……」
「一定是，」
妙麗指著他報告的題目說，「因為我們要寫的是如何應付催狂魔，不是『醉鬼摸』，還有我不記得你什麼時候改名叫『溶泥·哇吱哩』了。」❞

霍格華茲的課後作業

只有在霍格華茲才能看到的奇妙作業

你們這個星期的家庭作業……

- 〈試論十四世紀焚女巫行動之虛妄無用〉
- 〈試論麻瓜為何需要電力〉
- 〈舉例說明，在施行『跨種變形互換』時，變形咒該進行什麼樣的調整〉
- 一篇十二吋長羊皮紙文章，關於月長石的特性和它在魔藥製作上的用途
- 一篇一呎半有關巨人族戰爭的文章
- 一篇關於再實體化原理的文章

122

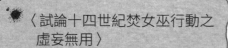

「你要等等我！好，小地方不忘記」

「不要拉拉又拖拖，你個二流小次貨！」

「今日事，今日畢，不然你就斃！」

家庭作業計量手冊

占卜學

❝「就這麼辦，」哈利說，一把將他剛才寫的東西揉成一團，順手拋出一個高飛球，紙團隨即越過一群正在熱烈交談的一年級新生頭頂，落到了爐火中，
「好……星期一，**我**將會有——呃——有被燒傷的危險。」
「沒錯，這倒是很有可能，」榮恩臉色陰沉地說，「我們星期一又要碰到那些釘蝦了。好，星期二……**我將會**……嗯……」
「失去一件珍貴的東西。」哈利說，他正忙著翻閱《撥開未來的迷霧》尋找靈感。
「好主意，」榮恩說，立刻把它抄下來，「因為……嗯……水星。對了，你要不要寫說，有某個你把他當作朋友的人，會從背後捅你一刀？」
「好……這夠酷……」哈利匆匆把這寫下來，「而這是因為……金星落到了第十二宮。」
「在星期三呢，我跟人打架打輸了。」
「啊，我也正想寫跟人打架呢，好吧，那就寫我打賭賭輸好了。」
「沒錯，因為你賭我打架會贏嘛……」❞

魔法史

❝哈利在圖書館後區找到了榮恩，他正忙著用捲尺測量他的魔法史作業。丙斯教授要他們以〈歐洲巫師的中世紀議會〉為題，寫一篇三呎長的報告。❞

決鬥社

一個由吉德羅·洛哈教授
成立的短命社團，
在一名學生召喚出一條蛇之後
宣告結束。
洛哈教授不小心把蛇
拋到離地十呎的高空，
被激怒的蛇差點攻擊學生。

史拉俱樂部

赫瑞司·史拉轟教授精心挑選的
學生俱樂部，他相信他們將
繼續輝煌的職業生涯，
或者因為他們跟某個知名或
有影響力的人有關。

符咒社

供學生練習他們的咒語。

多多石社

一種很像彈珠的魔法遊戲用具，
在玩的人輸掉分數時，
石頭會朝他們的臉噴臭水。

球隊、社團與協會*

小精靈福進會

妙麗為促進小精靈福利而發起。

> 「我想把入會費定為兩個西可
> ——用來買一個徽章——
> 而我們可以把這筆收入，
> 做為我們印製宣傳單的基金。你
> 是會計，榮恩——
> 我已經在樓上替你準備了
> 一個募款罐——
> 而哈利呢，你是秘書，
> 所以你應該把我現在說的話全都
> 寫下來，替我們的第一次會議做
> 份紀錄。」

魁地奇

霍格華茲每個學院都有它自己的魁
地奇球隊，並在學年期間舉辦學院間
魁地奇盃球賽。

> 「三十比零！看到了吧，
> 你這只會作弊的卑鄙小人——」
> 「喬丹，請你用公平的態度進行播報！」
> 「我只是實話實說，教授！」

葛來分多學院
1991年魁地奇球隊

奧利佛·木透(隊長)——守門手
莉娜·強生——追蹤手
西亞·史賓內——追蹤手
凱娣·貝爾——追蹤手
弗雷·衛斯理——打擊手
喬治·衛斯理——打擊手
哈利波特——搜捕手

比賽高潮：
葛來分多對史萊哲林
———— 1991 ————

● 史萊哲林隊長差點殺死葛來
分多的搜捕手，
由葛來分多進行罰球。

● 葛來分多搜捕手的掃帚
被施了魔法，
史萊哲林隊長抓住快浮，
在沒有人發現的情況下
五次射門得分。

● 葛來分多搜捕手
將金探子含在口中，
差點兒把它給吞到肚子裡。

● 葛來分多以一百七十分
對六十分贏了這場球賽。

*由於藥草學教授賀赫伯·啤體試圖在霍格華茲的節慶活動中推出聖誕啞劇《幸運泉》後發生不幸事件，學校自此全面禁止上演啞劇，使霍格華茲這個引以
為傲的不演戲傳統一直延續至今。啤體教授後來離開霍格華茲，轉赴W.A.D.A.(魔法戲劇學院)任教。

參閱第60頁魁地奇球賽規則

123

Top-right panel

弗雷與喬治·衛斯理

「真是怪啊，」弗雷皺著眉頭四處張望。「我們有一次躲在這裡面，為了躲飛七，喬治？記得嗎，那時候這裡只是個掃帚櫃。」

多比

「當眨眨喝得爛醉如泥的時候，他會把她藏在萬應室。」

「多比就用過它，先生，」家庭小精靈的音量降了下來，一臉罪惡月感。

鄧不利多教授

「他也許只有在早上五點半的時候，才能找到它。要不然就是只有在上弦月時，才有機會碰到它——

但也有可能是，它只有在找廁所的人膀胱快漲破的時候，才願意出現。」

THE ROOM OF REQUIREMENT
萬應室

「它是一個只有在人們真正需要它的時候，才能進去的房間，」多比嚴肅地說。「有時候在那裡，有時候又不在，但只要出現，總會滿足有求者的需要。」

飛七先生

「多比知道飛七先生如果缺清潔用品的話，他會去那裡找，先生。」

崔老妮教授

「我想要——嗯——這個嘛——去放一些——私人物品到——呢——萬應室裡……」

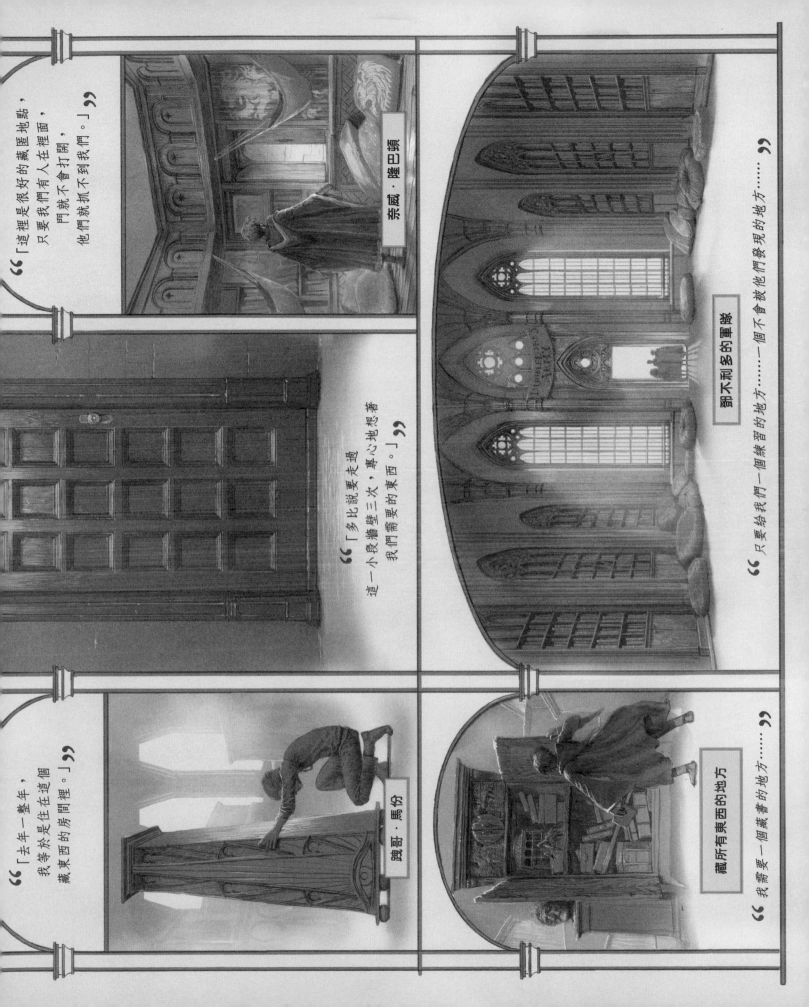

「這裡是很好的藏匿地點，只要我們有人在裡面，門就不會打開，他們就抓不到我們。」

奈威‧隆巴頓

「多比說要走過這一小段牆壁三次，專心地想著我們需要的東西。」

鄧不利多的軍隊

「只要給我們一個練習的地方……一個不會被他們發現的地方……」

「去年一整年，我等於是住在這個藏東西的房間裡。」

跩哥‧馬份

藏所有東西的地方

「我需要一個藏書的地方……」

1995年9月
妙麗提議他們開始學黑魔法防禦術，
由哈利來教他們。

1995年9月／10月
哈利答應教他的同儕黑魔法
防禦術。

妙麗提議他們和有興趣學習黑魔
防禦術課的人見面，一起討論。

1995年9月
恩不里居教授成為霍格華茲
總督察。

鄧不利多的軍隊成員

哈利波特
妙麗・格蘭傑
榮恩・衛斯理
奈威・隆巴頓
金妮・衛斯理
露娜・羅古德
丁・湯馬斯
文妲・布朗
芭蒂・巴提
芭瑪・巴提
張秋
毛莉・邊坑
凱蒂・貝爾
西亞・史賓內
莉娜・強生
柯林・克利維
丹尼・克利維
阿尼・麥米蘭
賈斯汀・方列里
漢娜・艾寶
蘇珊・波恩
安東尼・金坦
麥可・寇那
泰瑞・布特
災來耶・史密
弗雷・衛斯理
喬治・衛斯理
李・喬丹

128

1995年9月2日
恩不里居教授的第一堂黑魔法防禦術課，她否認佛地
魔正重新掌權，也無意教他們自衛。

鄧不利多
的軍隊

五年級時，
哈利和他的朋友們成立一個
黑魔法防禦術秘密學習團隊

"「我說的是我們自己要做好準備，
就像哈利在恩不里居的第一堂課中說的，
這樣才有辦法去面對之後
等著我們的事。
我們必須能夠保護自己。」"

妙麗・格蘭傑

"去去，武器走！"

"疾疾，護法現身！"

1995年8月30日
魔法部任命桃樂絲・恩不里居為霍
格華茲的黑魔法防禦術老師。

鄧不利多的軍隊：
大事紀

哈利波特

榮恩・衛斯理

妙麗・格蘭傑

1995 年 10 月第一個週末
哈利、榮恩與妙麗和其他二十五位來自葛來分多、赫夫帕夫及雷文克勞的學生在活米村的豬頭酒吧聚會。

他們同意一星期上一次哈利的防禦課，並在一張紙上簽名，同意對這件事保密。

1995 年 10 月
恩不里居教授公佈教育章程第二十四條。

他們選哈利做他們的領導人，並表決通過名稱：鄧不利多的軍隊（簡稱 DA）。

以名稱為代表
通過稱自己為「DA」，成員們可以在不透露他們在做什麼的情況下談論他們的聚會。

教育章程第 24 條　若發現任何學生，涉嫌組織或參加任何未經總督察許可的組織、協會、球隊、集團以及社團，都將被開除。

「我們每個人拿一枚硬幣，等哈利決定好下次聚會的日期，他只要更改他錢幣上的數字，其他錢幣也全都會一起改變，因為我對它們施了一個多身咒。」

妙麗・格蘭傑

禁止告密
全體成員在一張羊皮紙上簽名，它被下了惡咒，如果有人告訴恩不里居教授有關 DA 的事，他們臉上就會冒出紫色膿包排列成「告密者」三個字。

每個成員拿到一枚假的加隆，用來連絡下次聚會的時間和日期。

秘密通知
每位成員都有一枚假的加隆，當邊緣的數字改變，顯示下次聚會的時間與日期時，錢幣會變得很燙。

妙麗是從 DA 對抗的食死人的疤得到的靈感。（每一個食死人的疤會灼痛時，他們就知道他們必須趕去跟佛地魔會合。）

完美的藏身之所
課程在萬應室中進行。

「不如，我們就以它代表鄧不利多的軍隊好了，因為那就是魔法部最害怕的，不是嗎？」

金妮・衛斯理

129

「咄咄失！」

「噴噴障！」

金妮・衛斯理

奈威・隆巴頓

露娜・羅古德

魔法執行不當

> 麥教授正在對某個人大吼大叫，而聽起來好像是因為這個人把他的朋友變成了一隻獾。

- 榮恩把一個晚餐盤變成了一顆大蘑菇

- 漢娜把她的雪貂繁殖成一大群火鶴

- 奈威把他自己的耳朵移植到一棵仙人掌上

- 洛哈試圖治好哈利斷掉的手臂，卻反而把他的骨頭全部除掉

- 弗雷與喬治吞下老化藥跨過火盃的年齡限制線，但卻長出長長的白鬍子

- 到了四年級開始時，奈威已燒壞了六個大釜

魁地奇亂象

> 「呃──這個搏格以前有沒有害死過人？」哈利故作隨意地問道。「在霍格華茲沒發生過。」

- **第一堂飛行課**：奈威從他的掃帚上掉下來，摔斷了手腕

- **一年級球賽**：哈利的掃帚差點把他甩下來

- **二年級球賽**：一個搏格發狂，並攻擊哈利

- **三年級球賽**：食死人侵入球場，哈利從五十呎高空摔下來

- **五年級練習**：傑克·洛坡用他自己的球棒將自己打昏

魔法回火

> 「沒事的，妙麗，」哈利連忙說，「我們現在就帶妳去醫院廂房，魔芮夫人向來都不會問太多問題……」

- 榮恩朝馬份揮出魔杖，卻反而從他自己嘴裡吐出蛞蝓

- 同一根魔杖在洛哈身上爆炸，導致他失去自己的記憶

- 艾蘿·米金試圖用咒語消除她的面疱，結果移除了她自己的鼻子

- 寇馬·麥拉為了打賭吃下黑妖精蛋，結果住院

- 妙麗不小心將貓毛放進她的變身水裡，導致她的臉上長毛，並且冒出兩隻又長又尖的耳朵

130

魔法事故

渾拚柳的受害者

> 「在我巡邏校園的時候，我注意到，有一棵非常珍貴的渾拚柳，好像被人嚴重傷害。」石內卜繼續說下去。「我們才是那棵鬼樹眼睜睜看著被嚴重傷害呢──」榮恩衝口而出。「閉嘴！」石內卜再次喝道。

- 亞瑟·衛斯理的飛天汽車遭到攻擊

- 哈利的光輪兩千在追榮恩時被樹枝打到

- 哈利與妙麗在1998年的夏天，終於，榮恩設法讓樹靜止下來並通過它

皮皮鬼
最大的惡作劇

❝ 他會把字紙簍倒在你頭上，
抽走你腳下的地毯，朝你扔粉筆頭，
或是偷偷隱形跟在你後面，
再突然衝過來攫住你的鼻子尖聲怪叫：
「抓到你的鼻頭啦！」❞

皮皮鬼……

● 朝剛抵達學校的學生投擲水球

● 把盔甲弄得嘎啦嘎啦響

● 推倒雕像與花瓶

● 把燈砸碎

● 喜歡玩弄墨水瓶，但技術不太好

● 還喜歡耍燃燒的火炬

● 在黑板上寫罵人的髒話

● 在掃帚櫃的鑰匙孔塞口香糖

● 把手杖扔到奈威頭上

● 將墨水彈射到學生頭上

● 陰謀將帕拉瑟的半身像扔到某個人的頭上

● 在哈利睡覺時對著他的耳朵吹氣

● 拔掉洗手間的水龍頭，導致水淹三樓

● 早餐時將一袋毛蜘蛛扔在餐廳中央

● 用一根枴杖和一隻裝滿粉筆的襪子
　追打恩不里居教授

● 在半空中朝食死人扔食肉藤豆莢

● 躲在盔甲裡面，用他自己編的歌詞唱出
　「喔，來吧，所有忠實的信徒」

❝ 他們被皮皮鬼擋住了去路。
他把五樓的一扇門給關死了，
不讓任何人通過，
除非他們放火燒自己的長褲。❞

靈性生物災難

❝「啊，有些釘顓身上有長螫刺，」
海格熱心地解說（艾妲立刻把手從箱子裡抽出來）
「我想牠們應該是公的……
母的肚子上長了個像吸盤似的玩意兒……
我想牠們就不定是用這來吸血。」❞

哈利在霍格華茲面對的……

● 四樓走廊的三頭狗毛毛

● 在女生洗手間裡的山區山怪

● 海格小木屋裡的那威脅脊龍蘿蔔

● 在教室裡橫衝直撞的康瓦耳郡綠仙

● 禁忌森林裡的蜘蛛精阿辣哥

● 一整個學期的爆尾釘蝦課程

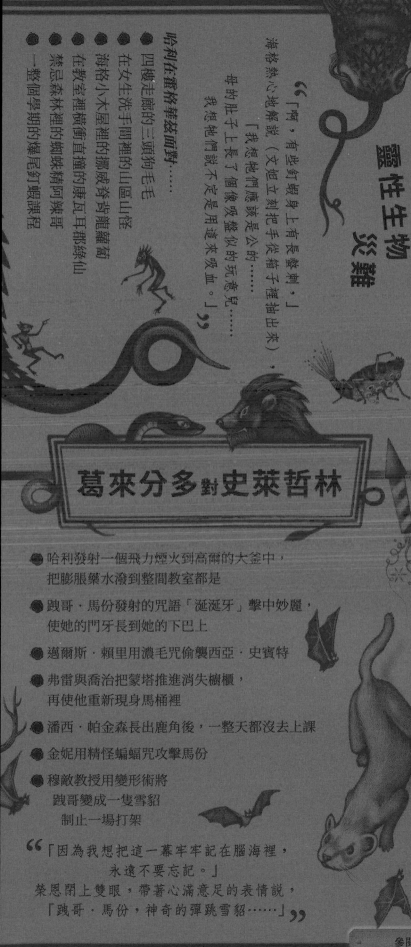

葛來分多 對 史萊哲林

● 哈利發射一個飛力煙火到高爾的大釜中，
　把膨脹藥水潑到整間教室都是

● 跩哥·馬份發射的咒語「涎涎牙」擊中妙麗，
　使她的門牙長到她的下巴上

● 邁爾斯·賴里用濃毛咒偷襲西亞·史賓特

● 弗雷與喬治把蒙塔推進消失櫥櫃，
　再使他重新現身馬桶裡

● 潘西·帕金森長出鹿角後，一整天都沒去上課

● 金妮用精怪蝙蝠咒攻擊馬份

● 穆敵教授用變形術將
　跩哥變成一隻雪貂
　制止一場打架

❝「因為我想把這一幕牢牢記在腦海裡，
　　　永遠不要忘記。」
榮恩閉上雙眼，帶著心滿意足的表情說，
「跩哥·馬份，神奇的彈跳雪貂……」❞

參閱第148頁弗雷與喬治的魔法惡作劇 ➡

5

咒語、符咒
與
不赦咒

從護法咒到時光器,從黑魔法的陰影到儲思盆的銀白色魔法——魔法可以有許多種形式。閱讀魔杖學,複述咒語,以及學習製作魔藥這門藝術。仔細研究可以裝在口袋裡的魔法物品,磨練你的黑魔法防禦術、變形學、符咒學和占卜學知識。

魔杖學

只有一些樹能生長出符合魔杖品質、能傳送魔法的木材。木精喜歡以這些魔杖樹為家。

桃花心木

櫻桃木

冬木

柚木　和高貴、勇敢的天

紅木

「魔杖學是一門複雜又神秘的魔法。」

蓋瑞克·奧利凡德

藤木　它的主人往往追求更遠大的目標

兩根魔杖的杖芯來自同一生物，例如一隻特定的鳳凰，兩者間就會有特殊的連結。它們不會在戰鬥中真的互相對抗，相反地，一根魔杖會迫使另一根魔杖顯現它施用過的咒語。這種罕見的效果就叫「呼呼，前咒現」。

柳木　一種比較少見的魔杖木材，具有治療能力

梣木

冬青木　被認為具有保護能力，會在危險或靈性探索任務中選擇主人

「只要你是巫師，你就能夠透過幾乎所有的器具傳輸自己的魔力。只不過最好的成果，仍然是來自於巫師與魔杖之間最強烈的結合。」

蓋瑞克·奧利凡德

龍心弦　製成的魔杖力量強大，學習速度快，但有點喜怒無常。

鳳凰羽毛
這種杖芯非常稀少，能最大施展且具有極高的自發性，要贏得它們的忠誠很難。

魔杖所有權的規範很微妙。魔杖選擇巫師，但魔杖如果是贏來的，它的忠誠就會跟著改變。

榛木

接骨木 最稀有的木材，它的主人可能命運特殊

橡木

櫸木 偏愛有意志力的人

椴木

楓木

赤楊木

栗木

黑檀木

樺木

山楂木 通常會找到性格矛盾的主人

核桃木

榆木

紫杉木 以擅長決鬥和詛咒著稱，它的主人通常與眾不同，而且有時惡名昭彰。

獨角獸毛
能製造出魔力不會改變的忠實魔杖，力量雖然較小，但不容易被用於黑魔法。

每根魔杖都是獨一無二的

它的特性首先取決於它的材料與質量的組合：木材、杖芯、長度與彈性。其次，當它找到理想的人類伙伴時，雙方會開始互相學習。

杖木

每一種用來製作魔杖的木材都有它自己的特性，主要取決於樹木的類型。

杖芯

魔杖的核心是一種具有強烈魔法的物質。據信最好的杖芯來自獨角獸、龍和鳳凰。

長度與彈性

魔杖的長度與彈性通常和女巫或巫師的個性及體質互補。

隱形斗篷

隱形斗篷可以用滅幻咒、
炫眼厄咒，或用幻影猿——
一種有隱形能力的生物——的毛編織而成，
這些方法都有不同程度的效果。
哈利的隱形斗篷曾經屬於他父親所有。

" 哈利從地上撿起那塊閃亮的銀布。
摸起來的感覺很奇怪，
就好像是流水織成的布料。
「這是一件隱形斗篷，」
榮恩的臉上帶著敬畏的神情，
「我非常確定——穿穿看吧。」 **"**

你的父親過世前
把這個東西留給我，
現在該是把它交還給你的時候了。
好好使用它吧。
祝你有一個非常快樂的聖誕假期。

" 他輕輕溜下床，裹上斗篷。
他低頭望著自己的腳，卻只看到月光與陰影。
這是一種非常奇怪的感覺。
好好使用它吧。
哈利突然完全清醒過來。只要穿上這件斗篷，
整個霍格華茲就可以任由他
來去自如。 **"**

實用魔法

施展咒語

大多數巫師都使用魔杖，
但對於那些有許多天賦才能和技藝的人，
也能施展無杖魔法。
通常要念出一個咒語，但如果專心練習，
有些人也能學會無聲施咒。

" 「現在，大家不要忘了我們曾經練習過的
漂亮手腕動作！……再來就是如何把咒語說得
既正確又清楚，這點也是非常重要——
千萬別忘了巴魯夫巫師的慘痛教訓，
他不小心把匚念成厶，結果就發現自己躺到了
地板上，胸口坐著一頭大水牛。」 **"**

菲力‧孚立維

掃帚革新
（它們不僅能飛）

軟墊咒
自1820年以來已經使掃帚變舒服了

霍頓凱奇煞車咒
用在早期的競賽用掃帚「彗星一四〇」上，
有助於它的飛行

內建警訊哨笛
「飛枝九〇」的一種花稍功能

無法破解的煞車咒
「火閃電」的特色之一

內藏式自動防盜警鈴
附在「藍瓶號」上

反惡咒亮光漆
用在「狂風十一號」上

藍瓶號
The Bluebottle

一根適合全家大小使用的飛天掃帚——
安全可靠，並附有內藏式自動防盜警鈴

一些有用的咒語

「指引我方向。」
他將魔杖平放在手掌上，悄聲對魔杖說。
魔杖轉了一圈，
指向他右方堅固的籬笆。
那是北方，
因此他知道他必須往西北方走，
才能到達迷宮中心。

速速前！

「速速前！速速前！速速前！」
她叫道，許多太妃糖立刻從喬治的夾克襯裡啦、
弗雷的牛仔褲折邊啦
和各種意想不到的地方飛了出來。

召喚咒可用於各種不同的物品：

吹舌太妃糖	奶油啤酒瓶
羽毛筆	普等巫測試卷
椅子	弗雷與喬治的狂風五號
一套舊的多多石	哈利的魔杖
奈威的蟾蜍，吹寶	羅梅塔夫人的兩根掃帚
一本古代神秘文字字典	有關分身體的書籍
劫盜地圖	哈利的眼鏡
哈利的火閃電	
一隻牛蛙	

開鎖——阿咯哈嗨啦
治療斷掉的鼻子——復復元
從魔杖頂端發光——路摸思
除去不想要的禮袍蕾絲
——切除咒
修理砸碎的碗——復復修
潛水時在氣泡中呼吸——氣泡頭咒
在迷宮中尋找出路——方向咒
確保甲蟲無法從罐子裡逃脫——不破咒
把行李搬上樓——疾疾動箱
施展鎖腿咒——榫頭——失準
清除雪地上的腳印——消跡咒
消除朋友臉上的血跡——哆哆潔
使雕像和盔甲復活——雕像，行行起
使樓梯變成滑梯——光光滑
將一個串珠手提包
變成秘密貨艙
——無形伸展咒

史高太太的
全效神奇除污劑：
輕鬆除垢！

詛咒、惡咒與厄咒

鼻涕咒			精怪蝙蝠咒
溶溶沸	果醬腿惡咒	逆火咒	炫眼厄咒
鎖腿咒	障礙惡咒	抽離咒	搔癢咒
消除咒	絆倒咒	螫人蟲咒	（也有效）
全身鎖咒	反消影咒	拋丟蟲咒	

咒語 INCANTATIONS

為了獲得最佳效果，施魔咒時要把咒語說得既正確又清楚，同時手腕動作也要正確
進階魔法能無聲施咒，可以占到出其不意的優勢……

雙體製 複製一個物體

呀嗒唭 熄滅魔杖的光

辣辣燃 點亮魔杖尖端 / 製造一個火熱的標記

復復修 修復一個物體

去去，武器走 解除武裝

高高起 建造或構成

哇嘻嘻嘻 有效去除口香糖

吅吅爆

生火

路摸思

空空，遺忘 使對方忘記

糊糊迷 迷糊咒的咒語。使受害者迷糊困惑

復復元 治癒受傷

吩吩綻 使東西分離或裂開

咻咻降 打開秘密通道入口

咕咕圈 為斷肢裝固定用的夾板

呼呼，前咒現 呈現魔杖先前施展的咒語

臣臣失 昏擊咒的咒語。擊昏另一個人，使其失去知覺

整整——石化 束縛身體使其固定不動的咒語

力力復 使人復甦

速速前 召喚咒的咒語，將一個物體召喚到你面前

遮遮，蒙眼 暫時遮蔽另一個人的視線

撕淌三步殺 「敵人專用」，造成大量失血

塔朗泰拉跳 迫使某個人快速跳翻

嘶嘶退 使人擺脫別人束縛他的鎖鍊

以魔杖輕輕揮甩一下手皮紙，除去固體物品

嗶嗶消 消除咒的咒語

低低降 把物體從高處拉下來

人類現 使人現身

港口現 將一個物體魔轉變為港口鑰

咖咖鑼 把人的聲音放大

飛飛離 召喚出一群小鳥

重重墜 把物體變得很重

泅水懂 懂得水的語言

特在此期馬器聾

還有一些詛咒是不赦咒，參閱第 157 頁

符咒學

> 矮小的符咒學老師
> 孚立維教授
> 窩在一大疊椅墊上。

> 「揮和彈，記住，揮和彈。」
> 孚立維教授

移動咒

生長咒

打氣咒

變色咒

☙ 飄浮咒 ❧

使一個物體飄浮

✹ 溫咖癲啦唯啊薩！ ✹

> 「你念得不對……應該是
> 溫──咖──癲，啦唯──
> 啊──薩，『咖』這個字要拖長，
> 把每一個音節好好念清楚。」
>
> 妙麗·格蘭傑

☙ 造水咒 ❧

從魔杖噴出水柱

✹ 水水噴！ ✹

☙ 召喚咒 ❧

使任何物體騰空飛向你，
無論你知不知道那個物體在何處

✹ 速速前！ ✹

> 哈利把魔杖指向那隻滿懷希望
> 正要跳到桌子另外一邊的牛蛙──
> 「速速前！」──牠只好
> 悶悶不樂飛回到哈利手上。

4級

THE
STANDARD
BOOK OF
SPELLS
標準咒語

米蘭達·
郭汐客 著

> 他完全沉浸在喜悅的願景中，
> 以至於把魔杖揮動得太厲害。
> 本來這堂符咒課的目標
> 是要製造純淨的泉水，
> 他卻變出一股噴射而出的水柱，
> 水柱噴到天花板上，
> 又筆直擊中孚立維教授的臉。

☙ 驅逐咒 ❧

召喚咒的相反符咒

✹ 疾疾推！ ✹

☙ 靜默咒 ❧

阻止某個東西發出聲音，
例如烏鴉的叫聲

✹ 默默靜！ ✹

> 他正在揮動魔杖驅逐一個墊子
> （墊子猛然竄到空中，把芭蒂的帽子打了下來）。

> 「問題出在你移動魔杖的方式，」
> 妙麗挑剔地看著他，
> 「你不是在揮，簡直是拚命戳。」

占卜學

> 事實上，它看起來根本就不像是教室，
> 反倒像是住家閣樓與老式茶館的混合體……
> 暗影中突然響起一個嗓音，一種朦朧柔和的嗓音。
> 「歡迎，」那個嗓音說，
> 「終於能在物質世界中見到你們，
> 感覺實在是太美好了。」

手相

> 「別抱怨了，這表示我們手相已經上
> 完啦。」哈利低聲答道，「我快被她
> 煩死了，她每次一看到我的手，
> 就要做出一副嚇得半死的窩囊相。」

運星占卜

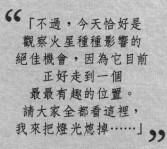

> 「不過，今天恰好是
> 觀察火星種種影響的
> 絕佳機會，因為它目前
> 正好走到一個
> 最最有趣的位置。
> 請大家全都看這裡，
> 我來把燈光熄掉……」
>
> 崔老妮教授

觀看茶葉

> 「大家再坐下來，把茶喝光，只剩下最後一點渣滓。
> 用你的左手將渣滓往茶杯內緣抹上三圈，
> 再把杯子倒扣在茶碟上。
> 等到茶渣全都乾了以後……」
>
> 崔老妮教授

十字
考驗和痛苦

太陽
巨大的幸福

橡實
一筆意外之財

狗靈
死亡預兆

獵鷹
一個可怕的敵人

棍子
一次攻擊

骷髏頭
會遇到危險

> 「往後仰躺在地上，」翡冷翠沉靜的
> 聲音說，「仔細觀察穹蒼。對那些
> 窺看得出其中奧秘的人來說，
> 上面寫著我們種族的命運。」

解夢

> 「好，我們得把你的年齡
> 加上你做夢的日期，這個主題的
> 字母數目……主題要用『淹死』還是
> 『大釜』還是『石內卜』？」
>
> 榮恩・衛斯理

水晶球占卜

> 「我並不期待，在你們第一次凝視
> 球體深不可測的內部時，就有人
> 真的可以參透天機。
> 我們一開始要先練習的是，如何
> 去放鬆你們的意識與外在之眼。」
>
> 崔老妮教授

變形學

麥教授又跟他們都不一樣。哈利對她第一眼的印象是,這是
位不容任何人違抗冒犯、非常不好說話的嚴師,他的直覺完
全正確。這位既嚴格又聰明的老師,上第一堂課,大家剛剛
坐下,她就來個下馬威,狠狠訓了他們一頓。

第四年

變形咒、轉換咒、跨種變形互換

轉換一棵仙人掌

第一年

把一根火柴變成一根針

要避免的錯誤:
把自己的耳朵轉換到仙人掌上

把珠雞變成天竺鼠

第二年

把一隻甲蟲變成鈕釦

第三年

把茶壺變成陸龜

要避免的錯誤:
天竺鼠身上仍帶著羽毛

要避免的錯誤:陸龜尾巴是個壺嘴、龜
殼上有柳景圖案、樣子像海龜不像陸龜

要避免的錯誤:別讓甲蟲逃走,
或不小心把牠壓扁

142

化獸師

化獸師是能變成動物的巫師。

成為化獸師需要好幾年的時間,
成功的人只能化身為
一種動物形態,
他們不能選擇或改變。

魔法部的魔法不當使用局
有一份所有化獸師的
詳細記錄。

魔法部在二十世紀
只記錄了英國七位化獸師,
但還有其他
沒有登記的化獸師。

麗塔・史譏

罐子裡有一些小樹枝和葉子,
還有一隻又肥又大的甲蟲。

彼得・佩迪魯

佩迪魯甚至連聲音聽起來都像是老鼠在吱吱叫
他的目光又再次往大門的方向瞄了一眼。

第五年
消失咒、無生命體召現咒

讓蝸牛消失

要避免的錯誤:
仍然留下一塊殼

讓老鼠消失

讓小貓消失

普等巫測

讓一隻鼴鼠消失

> 「如同我剛剛所說的,隨著動物複雜性的提高,消失咒的困難度也會增加。蝸牛是軟體動物,算不上什麼艱難的挑戰;老鼠是哺乳類,挑戰性就比較高了。」
>
> 麥教授

中級變形學
把一隻貓頭鷹變成一副觀賞歌劇用的眼鏡

第六年
召現咒、人體變形術

召現出一群嘰嘰喳喳的黃鳥

改變自己眉毛的顏色

要避免的錯誤:
給自己變出一對驚人的八字鬍

143

天狼星·布萊克

> 那頭如熊般大的巨犬縱身躍向前方。

麥米奈娃

> 「真高興能在這兒見到妳,麥教授。」他轉過頭來對虎斑貓微笑,但貓已經不見了。此刻迎接他笑臉的是一個看起來相當嚴肅的女人,臉上戴著一副形狀跟貓眼睛周圍斑紋一模一樣的方框眼鏡。

詹姆·波特

> 牠緩緩垂下牠那長著叉角的頭顱,哈利明白了……

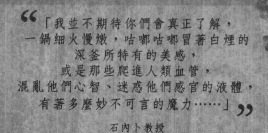

魔藥學

「我並不期待你們會真正了解，
一鍋細火慢燉，咕嘟咕嘟冒著白煙的
深釜所特有的美感，
或是那些爬進人類血管，
混亂他們心智、迷惑他們感官的液體，
有著多麼妙不可言的魔力……」

石內卜教授

魔藥學是在一間地牢裡面上課。
這裡比地面上的城堡主要建築寒冷陰森，
就算沒有牆邊那些飄浮在玻璃罐裡的
數百具動物屍體，
也夠讓人感到毛骨悚然了。

黃銅天秤　　小水晶瓶　　碗和杵

聖甲蟲　　薑　　犰狳膽汁

Bezoars 毛糞石

聰明魔藥

材料：
- 聖甲蟲，搗成粉末
- 薑，切片
- 犰狳膽汁

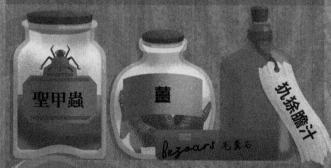

變身水

* 可以讓你的外在變成另一個人
* 像黏稠的深色泥漿，會根據你要
  變成誰而改變顏色
* 慢慢地冒著泡泡
* 如果熬煮不當，可能會出錯

吐真劑

* 迫使喝的人說出真話
* 無色
* 無味
* 效果強大，必須受到
  魔法部的嚴格控制

所有魔藥在調配時
都要用到魔杖。

明火是基本要素。

大釜通常由錫或鐵製成，也有純金製的，用來炫耀。
所有大釜都施了魔咒，因此攜帶起來比較輕，也可以自動攪拌或折疊。

如何調配
一飲活死水

調配這種魔藥大約要一小時

將水仙根粉和
苦艾草汁加在一起

不到十分鐘，大釜就會
冒出淡藍色的蒸氣

切碎纈草根

切開瞌睡豆

在半完成階段，
理想的魔藥是均勻、
黑醋栗色的液體

混血王子的建議：

用銀匕首的側面壓扁，
比切割更容易釋出汁液

加入足夠的
瞌睡豆汁液後，
藥汁變成淺紫色

以逆時鐘方向攪拌，
直到藥汁變得跟水
一樣透明

藥汁先變成粉紅色，
最後變成透明

混血王子的建議：

每七次逆時鐘攪拌後，
加入一次順時鐘攪拌

魔藥最後的顏色

完美　　　　　　　　　明顯錯誤

> 馬桶上擱著一個
> 破舊的大釜，而根據釜下
> 劈劈啪啪的聲音判斷，
> 哈利知道他們在下面點了火。
> 用魔法變出
> 可以攜帶的防水火球，
> 是妙麗的拿手絕招之一。

> 「我來替你解答，波特，
> 水仙和苦艾加在一起，
> 可以調配出一種
> 藥效極強的安眠藥，
> 俗稱一飲活死水。」
>
> 石內卜教授

> 「意亂情迷水不能創造真正的愛情。
> 愛情不可能製造，也無法模仿。
> 不，這種魔藥只能引起
> 一種強烈的迷戀或狂熱。」
>
> 史拉轟教授

意亂情迷水

- 引起一種強烈的迷戀

- 珠母光澤

- 每個人聞到的
  氣味都不同

- 蒸氣上升時呈
  螺旋狀

- 它引發的迷戀或狂
  熱可能會非常危險

進階魔藥
調配學

雷博菲·包者

福來福喜

- 藥效持續期間會帶來好運，
  所以叫「幸運水」
- 顏色像融化的黃金
- 巨大的藥滴蹦蹦跳跳，
  但沒有一滴濺出來
- 喝過量會造成頭昏眼花、莽撞，
  和危險的過度自負

黑魔法防禦術

「他們過去從沒有一位黑魔法防禦術老師能待到一年以上。」

第一年 奎里努斯·奎若

「山怪——在地牢裡——我想應該向你通報一聲。然後他就倒在地上昏死過去。」

第三年 雷木思·路平

「幻形怪喜歡封閉的空間，」路平教授說，「比方說像是衣櫥、床底下，或是水槽下的碗櫃……我一把他放出來，他就立刻會變成我們每個人心裡最害怕的東西。」

第二年 吉德羅·洛哈

「請大家絕對不要尖叫，」洛哈用一種低沉凝重的聲音說，「這可能會激怒他們。」等到全班都鴉雀無聲時，洛哈一把掀開了布罩。「是的，」他用一種戲劇化的語氣說，「剛逮到的康瓦耳綠仙。」

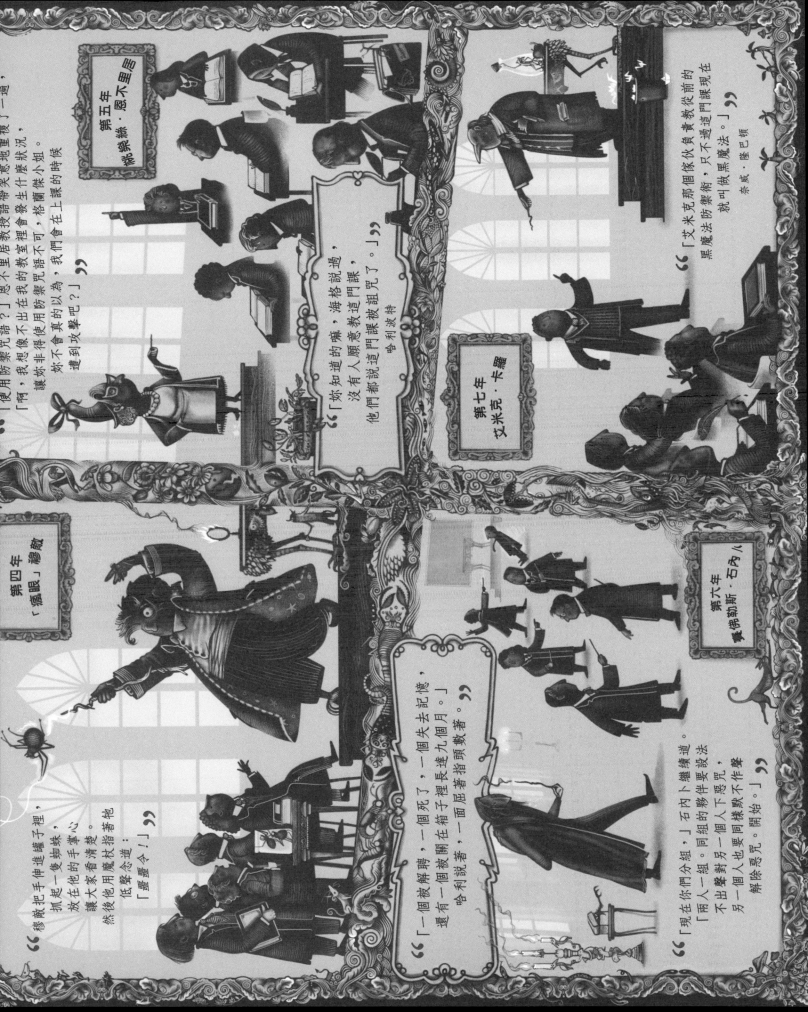

第五年 恩不里居
桃樂絲·恩不里居

「……使用防禦咒兒語？」恩不里居教授語帶失望地重複了一遍，「我想像不出在我的教室裡會有語兒不可，……讓妳非得使用防禦咒語的時候。」
「啊，我想真的以為，我們會在上課的時候遭到攻擊吧？」

「艾米克那個傢伙負責教從前的黑魔法防禦術，只不過這門課現在就叫做「黑魔法」。」
奈威·隆巴頓

第七年 艾米克·卡羅

「妳知道的嘛，海格教授說過，沒有人願意教這門課，我們都說這門課被詛咒了。」
哈利波特

第六年 囊佛勒斯·石內卜

「現在你們分組，」石內卜繼續道。「兩人一組。同組的夥伴要設法對另一個人下惡咒；另一個人也要同樣款不作擊，解除惡咒。開始。」

「一個被解聘、一個死了、一個失去記憶，還有一個被關在箱子裡達長九個月。」哈利說著，一面屈著指頭數著。

第四年 「瘋眼」穆敵

「穆敵把手伸進罐子裡，抓起一隻腳蜘蛛，放在他的手掌心，讓大家看清楚。然後他用魔杖指著他，低聲念道：「噩噩令！」」

發現劫盜地圖

「這個嘛⋯⋯在我們一年級的時候，
哈利——當時我們青春洋溢、
無憂無慮又天真無邪——」
哈利哼了一聲，他懷疑弗雷和喬治
這輩子從來沒天真無邪過。
「——好吧，至少是比現在天真無邪一點——」
我們不小心惹毛了飛七。」

⋯

「——而我們立刻注意到，
他的檔案櫃有一個標上
『沒收充公與極端危險』的抽屜。」
「別告訴我——」哈利開始咧嘴微笑。
「好吧，要是你會怎麼做呢？」弗雷說，
「喬治故意扔了另一枚屎炸彈，
用來轉移飛七的注意力，而我迅速拉開抽屜，
從裡面抓出了——這個東西。」

酷酸果

我七歲的時候
弗雷給了我一個——
結果它把我的舌頭燒穿了
一個洞，我還記得媽拿掃帚
把他痛打了一頓。

榮恩·衛斯理

榮恩的泰迪熊

「妳要是想知道的話，
我可以告訴妳，
在我三歲的時候，
弗雷把我的——我的泰迪熊
變成一隻噁心的大蜘蛛，
因為我不小心弄壞了他的
玩具飛天掃帚。」

榮恩·衛斯理

搗蛋大師

弗雷與喬治·衛斯理也許不是班上頂尖的學生，
但他們的魔法惡作劇堪稱傳奇。

·12月· 1991

雪球戰

衛斯理雙胞胎淘氣地捏了
幾個小雪球，用魔法驅使它們
緊跟著奎若不放，
不時還從後方偷襲，
朝他的大頭巾撞上幾下。

·6月· 1992

馬桶圈

「我相信那應該是你
的朋友弗雷和喬治·衛斯理先
生送過來的，他們顯然是認為
這東西可以博君一笑。不過，
龐芮夫人覺得很不衛生，所以就
把它給沒收了。」

阿不思·鄧不利多

·8月· 1994

吹舌太妃糖

「你根本就是故意把它
掉在地上！」
衛斯理先生怒吼，「你明明
曉得他一定會撿起來吃，
你知道他正在節食——」
「他舌頭變得有多大？」
喬治急切地問道。
「足足漲了四吋長，
他的父母才讓我
把它給縮小！」

·9月· 1994

愚弄火盃

下一刻，大家就聽
到一陣響亮的嘶嘶聲，
雙胞胎兄弟隨即
從金線圈中飛了出來，
就好像是被一名隱形鉛球選手
扔出來似的。
他們重重摔落到
十呎外的冰冷石板上，
接著又雪上加霜地響起另一聲
響亮的砰砰聲，
他們兩人臉上立刻各冒出一大
一模一樣的長長白鬍子。

蠢貨派西

派西沒發現弗雷偷偷
在他的級長徽章上動了
手腳，把「級長」兩字
變成「蠢貨」，
還一頭霧水地追問大家
為什麼要笑個不停。

·12月· 1992

去第78頁多飄荷氏巫師法寶店

野火魔爆彈

66 有人（哈利很清楚是什麼人）
點燃了看似有整整一大箱下過咒的煙火。
一隻隻完全由綠色和金色火花變成的龍
在走廊上下飛舞著，一路吐出響亮的爆炸火球。
直徑長達五呎，顏色粉紅到嚇人的飛輪煙火
在半空中致命地飛滾著，像是無數個飛碟。
一支支火箭尾巴拖著一長串
明亮的銀色星星，在牆壁間寫起罵人的字句，
還有耀眼的火星炮在半空中舉望，
不管哈利往哪裡望，
鞭炮都像地雷一樣到處爆炸…… 99

活動沼澤

66 「所以──你們以為把學校走廊
變成沼澤是件很好玩的事嗎，啊？」
「是啊，很好玩。」
弗雷抬頭挺胸看著她，
毫不畏懼。99

飛向夕陽

66 哈利從未見過皮皮鬼聽從任何學生的
命令，這次，皮皮鬼竟摘下帽子，
向弗雷與喬治敬禮。
弗雷與喬治在爆出熱烈掌聲的學生頭上
繞行一周後，立刻快速衝出大開的前門，
往絢麗輝煌的夕陽飛去。99

149

伸縮耳

66 「時間就是加隆啊，老弟。」
弗雷說，「不管怎樣，哈利，
你干擾到我們的收訊了，伸縮耳。」
弗雷看見哈利挑起的眉毛，
又加了一句，
他把那條繩子舉高。
哈利才看清楚繩子一直
延伸到樓梯間的平台。
「我們正在努力聽樓下
到底在幹嘛。」99

留下來紀念弗雷和喬治

66 「這個嘛，孚立維把弗雷和喬治的沼澤清除了，」
金妮說，「他三秒鐘就解決了，
不過他還留了一點在窗子底下，
而且用繩索圍起來──」
「為什麼？」妙麗顯得很詫異。
「喔，他說這個魔法實在太妙了。」
金妮說著聳聳肩。
「我想他是要留下來紀念弗雷和喬治。」
榮恩滿口巧克力說。99

巫師手錶

傳統的巫師成年禮

熄燈，
同時儲存光線
以備日後使用

熄燈器

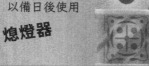

小巧精緻的龍玩偶

顯示三巫大賽鬥士
即將面對的生物

別
驚醒
沉睡
之龍

記憶球

你要是
有某件事
忘了去做，
它會變紅

150

魔杖 用來施咒語

魔法石

可以把所有金屬變成純金，
也可以製造長生不死藥

雙向鏡

一對中的一個，
說出某個人的名字，
透過鏡子與他們交談

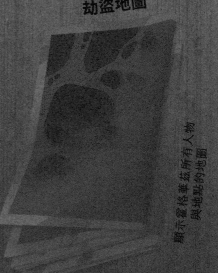

劫盜地圖

顯示霍格華茲所有人物
與地點的地圖

拼字校正筆

改善作者的
拼寫

從青春痘
到黑頭粉刺
都效果絕佳

有藥效認證的
十秒鐘除痘精霜

咬鼻子茶杯

會咬人鼻子的茶杯

骨頭再生
藥水

生骨水

時光器

將配戴者
送回到過去，
使用時
要小心

將線的一頭
插入耳朵，
可以聽到
另一頭的聲音

伸縮耳

← 第40頁還有更多羽毛筆

隱形斗篷

讓穿的人
隱形

著名的
女巫和巫師卡片

可蒐集，
且資訊豐富，
附在巧克力蛙裡面

阿不思·
鄧不利多

裝在瓶子裡
可以攜帶的火焰

妙麗最擅長，可以用來取暖

金探子

很難
抓到的球，
需要
毅力和技巧

I open at
this close

幸運水，
喝了可以為
你帶來好運

福來福喜

澄澈它可以
放大、重播畫面
和放慢動作

全效望遠鏡

詭雷

會跑，並發出
巨響和濃煙，
適合轉移注意力

測奸器

如果
附近有
不可信的人，
它會
發亮
和
旋轉

151

吃了會變成
一隻大金絲雀，
一分鐘後
恢復正常

金絲雀
奶油

觀看水晶球是一門
非常精緻的藝術，
也是有效的投擲武器

水晶球

經由呼嚕網，
讓你在壁爐
與壁爐
之間
旅行

呼嚕粉

一種會讓你嘴巴
冒煙的糖果

胡椒鬼

仇敵鏡

仇敵靠近時會
顯現在鏡子裡

吐真劑

強效的
真相魔藥

鄧不利多軍隊
的加隆

會顯示鄧不
利多軍隊的
集會時間和
日期

← 更多鄧不利多軍隊資訊在第128頁

狼人

狼人是每月一次的滿月時
會變形的人類。

這種症狀叫狼化症，是由於有人在月圓期間被變形的狼人咬傷而引起。

除了嘴鼻較短、尾端有簇毛和
瞳孔較小外，其獸形與真的狼
幾乎難以區分。

若不加以治療，
變形的狼人會喪失道德，
找人類下手。

麻瓜和巫師都會受到
狼化症的折磨，而且
目前尚無解藥，但可以
用縛狼汁予以控制。

巫師社群普遍不信任
狼人，儘管在沒有滿
月的日子，他們和普
通人一樣無害。
魔法部有一個狼人
登記處，但許多
狼人因為怕遭到
唾棄而隱瞞
他們的狀況。

「它可以讓我
變得安全無害，
懂了吧？只要
我在月圓前一個
禮拜持續服用，
在變形時我的頭
腦就依然能
保持清醒……
這樣我就可以
窩在我的辦公室裡
做一隻馴狼，等待
月亮再度轉盈為虧。
但是，在那個魔藥
『縛狼汁』出現之前，
我每個月都會變成一隻
成長完全的狼。」

雷木思·路平

鄧不利多的信任
等於是我的一切。
他在我小時候
准我入學念書，而
當我在成年生涯
中處處受挫，無法
找到一份足以餬口
的工作時，他又給
了我這份工作。

雷木思·路平

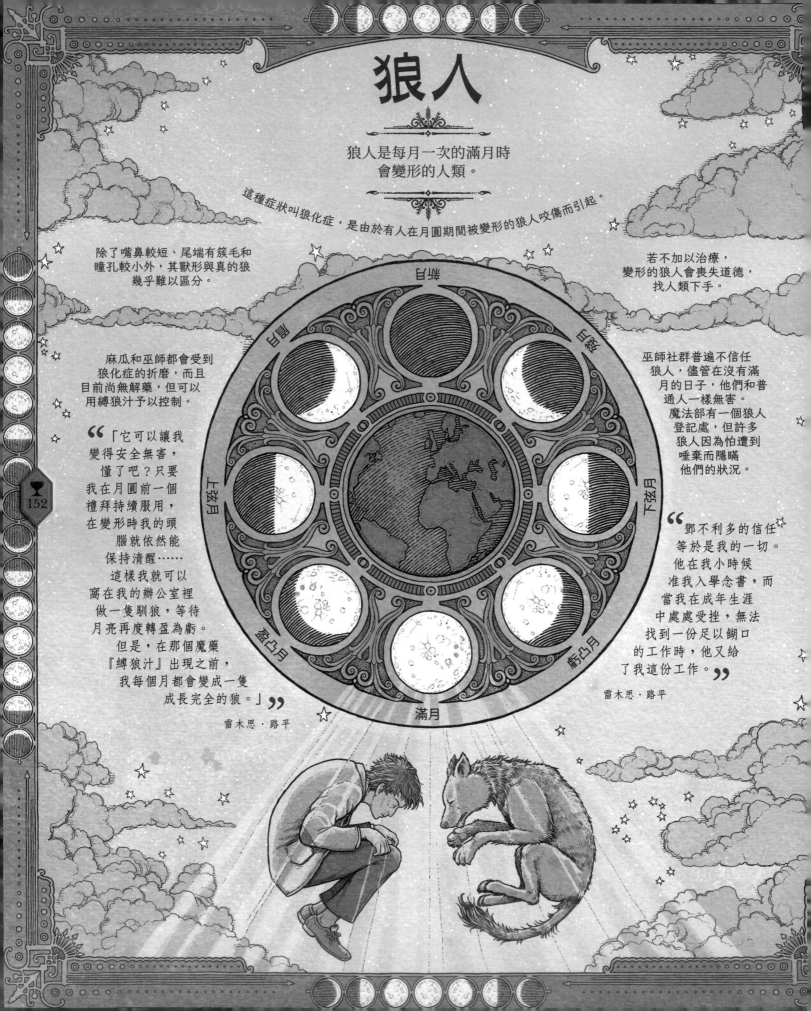

152

白曇　白曇　白霞　上弦月　盈凸月　滿月　虧凸月　下弦月

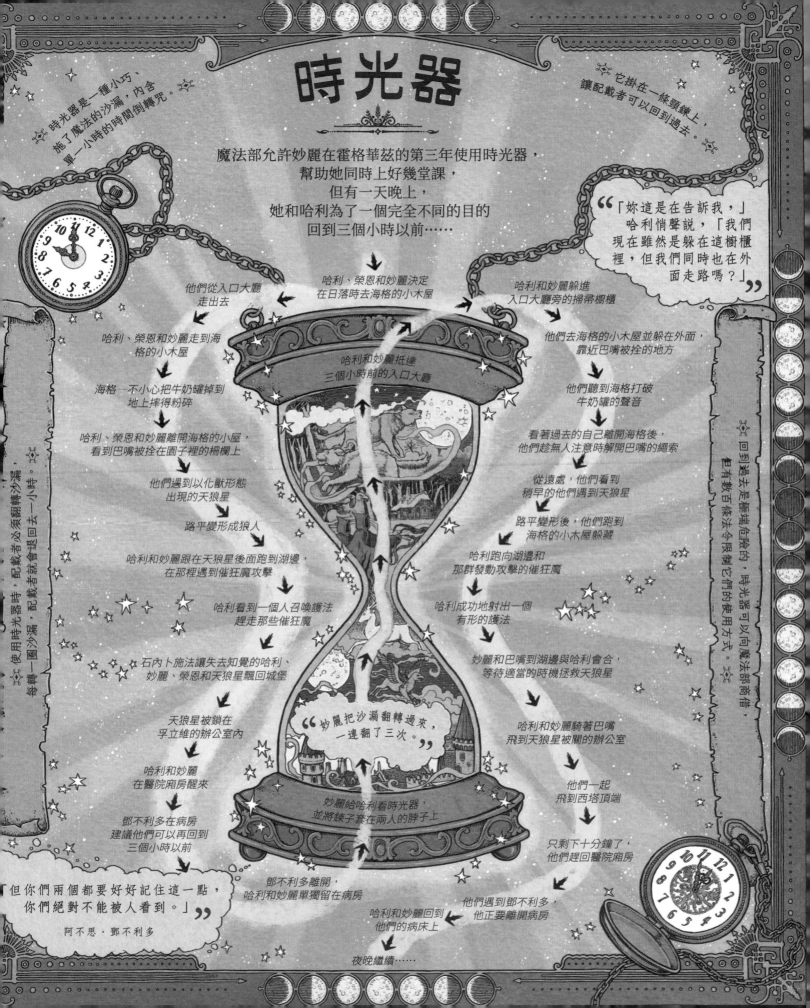

時光器

時光器是一種小巧、施了魔法的沙漏，內含讓一小時的時間倒轉咒。

它掛在一條頸鍊上，讓配戴者可以回到過去。

魔法部允許妙麗在霍格華茲的第三年使用時光器，
幫助她同時上好幾堂課，
但有一天晚上，
她和哈利為了一個完全不同的目的
回到三個小時以前……

「妳這是在告訴我，」哈利悄聲說，「我們現在雖然是躲在這櫥櫃裡，但我們同時也在外面走路嗎？」

使用時光器時，配戴者必須翻轉沙漏，每轉一圈沙漏，配戴者就會退回去一小時。

回到過去是極端危險的，時光器可以向魔法部商借，但有數百條法令限制它們的使用方式。

哈利、榮恩和妙麗決定在日落時去海格的小木屋

他們從入口大廳走出去

哈利和妙麗躲進入口大廳旁的掃帚櫥櫃

哈利、榮恩和妙麗走到海格的小木屋

哈利和妙麗抵達三個小時前的入口大廳

他們去海格的小木屋並躲在外面，靠近巴嘴被拴的地方

海格一不小心把牛奶罐掉到地上摔得粉碎

哈利、榮恩和妙麗離開海格的小屋，看到巴嘴被拴在園子裡的柵欄上

他們聽到海格打破牛奶罐的聲音

看著過去的自己離開海格後，他們趁無人注意時解開巴嘴的繩索

他們遇到以化獸形態出現的天狼星

從遠處，他們看到稍早的他們遇到天狼星

路平變形成狼人

路平變形後，他們跑到海格的小木屋躲藏

哈利和妙麗跟在天狼星後面跑到湖邊，在那裡遇到催狂魔攻擊

哈利跑向湖邊和那群發動攻擊的催狂魔

哈利看到一個人召喚護法趕走那些催狂魔

哈利成功地射出一個有形的護法

石內卜施法讓失去知覺的哈利、妙麗、榮恩和天狼星飄回城堡

妙麗和巴嘴到湖邊與哈利會合，等待適當的時機拯救天狼星

天狼星被鎖在孚立維的辦公室內

妙麗把沙漏翻轉過來，一連翻了三次。

哈利和妙麗騎著巴嘴飛到天狼星被關的辦公室

哈利和妙麗在醫院廂房醒來

他們一起飛到西塔頂端

鄧不利多在病房建議他們可以再回到三個小時以前

只剩下十分鐘了，他們趕回醫院廂房

「但你們兩個都要好好記住這一點，你們絕對不能被人看到。」

阿不思·鄧不利多

妙麗給哈利看時光器，並將鍊子套在兩人的脖子上

鄧不利多離開，哈利和妙麗單獨留在病房

哈利和妙麗回到他們的病床上

他們遇到鄧不利多，他正要離開病房

夜晚繼續……

心智 的 魔法

從施了魔法的意若思鏡
到讀取他人記憶的能力，
心智的魔法能揭露艱難的事實。

**「活在虛幻的夢境裡，因而遺忘了現實
生活，這樣是絕對行不通的，
牢牢記住這一點。」**

阿不思‧鄧不利多

意若思鏡

**「它讓我們看到的，不多不少恰好是
我們心裡最深沉、最迫切的慾望。
你呢，從來沒有見過自己的家人，
所以看到的是他們全都環繞在你的身邊。
而榮恩‧衛斯理，他一直都活在他哥哥們的
陰影下，所以看到的是自己一個人站在那裡，
變得比他們幾個都要優秀。
然而，這面鏡子既不能教給我們知識，也無法讓我們
看到真相。人們在它前面虛度光陰，被他們所看到的
景象迷得神魂顛倒，或是逼得發狂，
因為他們不曉得自己看到的究竟是事實，
還是永遠不可能實現的妄想。」**

阿不思‧鄧不利多

鎖心術與破心術

鎖心術

保護心智不受外界侵
入的魔法防禦，是非
常冷僻的一門魔法，
但是極為有用。它封
鎖心靈，防止魔法入
侵與影響。

**「比方說，黑魔王，幾乎就永遠有辦法
知道別人是不是在對他說謊。
只有那些擅長鎖心術的人，
才能夠把和謊言矛盾的感覺和記憶封鎖，
也才能夠在他的面前
口是心非而不被識破。」**

賽佛勒斯‧石內卜

破心術

是從另一個人的心智抽取情感
與記憶的能力。那些精通破心
術的人，在特定條件下，確實
有辦法侵入受害者的心智，並
正確解讀他們的發現。視線接
觸通常是破心術的基本條件。
它的咒語是「破破心」。

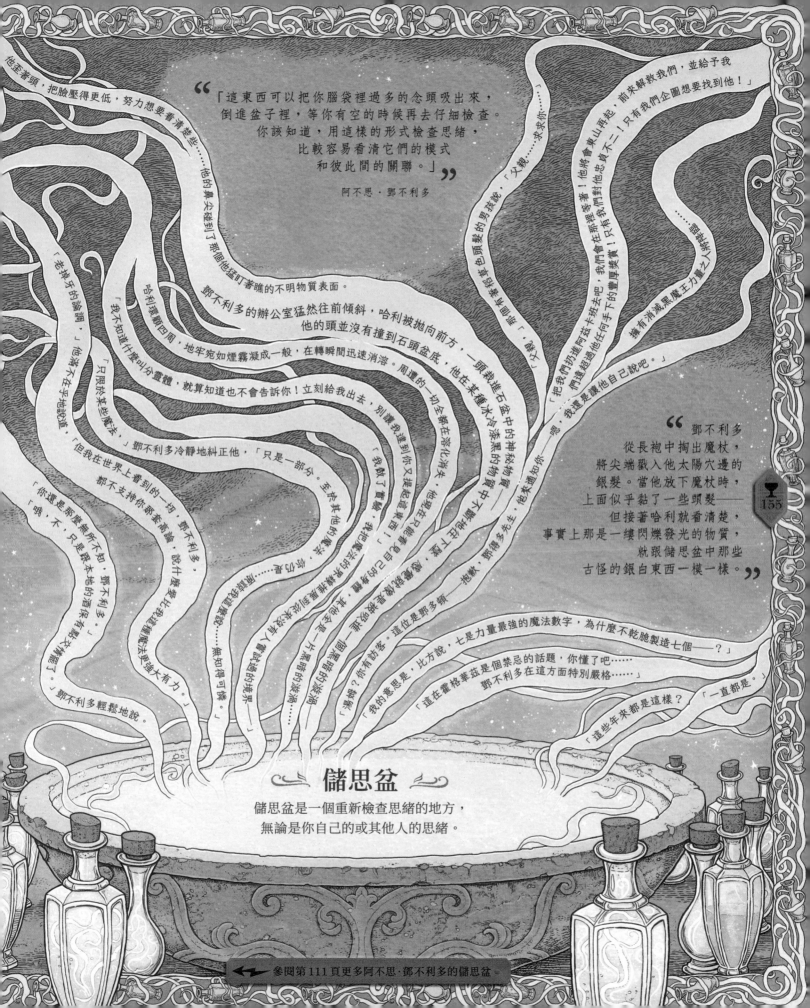

「這東西可以把你腦袋裡過多的念頭吸出來，倒進盆子裡，等你有空的時候再去仔細檢查。你該知道，用這樣的形式檢查思緒，比較容易看清它們的模式和彼此間的關聯。」

阿不思‧鄧不利多

鄧不利多從長袍中掏出魔杖，將尖端戳入他太陽穴邊的銀髮。當他放下魔杖時，上面似乎黏了一些頭髮——但接著哈利就看清楚，事實上那是一縷閃爍發光的物質，就跟儲思盆中那些古怪的銀白東西一模一樣。

儲思盆

儲思盆是一個重新檢查思緒的地方，
無論是你自己的或其他人的思緒。

參閱第111頁更多阿不思‧鄧不利多的儲思盆

黑魔法

歷史上，一直都有人在施展黑魔法，
最著名和力量最強大的人之一，當然就是佛地魔。

「黑魔法，」石內卜說，
「種類很多，變化多端，不斷推陳出新，
但又永恆不變。面對它們就像跟一隻
多頭怪獸搏鬥，每砍斷它
一根脖子，新長出來的
頭就會比先前更兇猛、
更狡猾。你們面對的是
千變萬化、
無法摧毀的敵人。」

"我被迫脫離我的身體，
我變得比靈魂還不如，
比最卑下的幽靈還不如……
但是我仍然活著。我究竟算是什麼，
甚至連我自己都弄不清楚……
而我呢，在通往永生不朽的道路上，
向來就走得比其他任何人更長更遠。
你們都知道我的目標——去征服死亡。
現在我受到考驗，而事實證明，
我過去有一、兩樣實驗
確實有效……"

佛地魔王

"他在畢業後就失去蹤影……
進行長期的修業旅行，足跡踏遍了許多地方，
並在這段期間開始深入鑽研黑魔法，和我們魔法族群中
最壞的敗類混在一起，並經歷過無數次危險的魔法
變形，因此在他以佛地魔王的面貌重新出現時，
他已經完全變了一個人，
大家根本就認不出是他。"

阿不思‧鄧不利多

食死人

第一次魔法界大戰期間，佛地魔聚集
了效忠他的追隨者，稱為食死人，
他們在黑魔標記的象徵符號下聯合起來。

佛地魔親自將黑魔標記烙印在
每個食死人的手臂上，
作為區別他們與召集他們
到他身邊的方法。

黑魔標記連同咒語「魔魔銘」
一起射向天空，
食死人利用這種方式
在巫師社群散播恐懼。

不赦咒

有三種不赦咒，只要
對人類施展其中一項咒語，就足以
讓你在阿茲卡班關上一輩子。

噩噩令 蠻橫咒的咒語，完全控制另一個人

啊哇呾咯呾啦 索命咒的咒語，沒有任何解咒術可以破解，至今只有一個人曾在這個咒語下逃過一劫⋯⋯

咒咒虐 酷刑咒的咒語，帶來折磨

> 「教授，你知不知道⋯⋯
> 什麼是分靈體？」
> 史拉轟僵住，
> 一張圓臉似乎陷了進去。
> 他舔舔唇，聲音粗嘎說：
> 「你說什麼？」

> 「你將會聽到許多他麾下的食死人宣稱他信任他們、
> 親近他們，甚至說他們了解他，但他們其實是被欺騙了。
> 佛地魔王從來就沒有朋友，
> 我也不相信他曾經想過需要朋友。」
>
> 阿不思・鄧不利多

佛地魔在第一次魔法界大戰中失敗後，
他的許多追隨者紛紛躲起來，或聲稱他們受到
蠻橫咒的控制，以逃免為他們的罪刑負責；
其他人則被判處無期徒刑，關進阿茲卡班。
他們都在那裡等待黑魔王東山再起。

阿尼·
麥米蘭
公豬

西莫·
斐尼干
狐狸

護法咒是
非常高深的
魔法。

這幾隻動物一接近，催狂魔就紛紛後退。

一頭野豬和一隻狐狸，從哈利、榮恩與妙麗頭頂飛過。

一隻銀色野兔、

榮恩·
衛斯理
英國小獵犬

◢▲ 護法 ▲◣

露娜·
羅古德
野兔

「護法是一種正面的能量，
是催狂魔所有食物來源——
希望、快樂與生存的渴望——
的一種投影，但它跟
人類不一樣的是，
它無法感到絕望，
所以催狂魔傷不到它。」

雷木思·路平

「牠是頭雄鹿，
一直都是頭雄鹿。」

張秋
天鵝

疾疾，護法現身！

妙麗·格蘭傑
水獺

哈利波特
雄鹿

「這是她唯一不靈光的咒語。」

這個咒語只有在你全神貫注
地想著一個非常快樂的記憶
時，它才能發揮作用。

「鹿角。」他輕聲說。

> 那是一隻銀白色的雌鹿，有如月光般清亮耀眼，寂靜無聲地從地上走過，卻沒有在鈾敏的雪粉上留下任何蹄印。

亞瑟·衛斯理
黃鼠狼

> 一道閃光飛過院子落在桌上，化身為一隻銀光燦爛的鼬鼠，用後腳站立後，以嚴肅語調對他說話。

不是所有巫師都能召喚一個有形的、完全成形的護法，有些人仍然只是一縷縷銀色的霧氣。

金利·俠鉤帽
山貓

阿不思·鄧不利多
鳳凰

每一個女巫或巫師所召喚的護法都是獨一無二的。

> 一團巨大的銀色東西穿過天篷，落在舞池上方。這隻山貓閃亮優雅地輕輕降落在吃驚的舞客當中。

小仙女·東施
狼

阿波佛·鄧不利多
山羊

> 「為什麼護法會改變？」

麥米奈娃
貓

護法的形態可能在一個女巫或巫師的一生中產生變化。

> 魔杖尖噴出了三隻銀貓，每隻銀貓的眼睛四周都有眼鏡狀的花紋。

雷木思·路平
狼

6

管理魔法
與
具影響力的組織

一窺魔法世界內部最重要與最古老的機構。將目光
移到魔法部各個樓層，並準備迎接迷人的神秘部
門。看看聖蒙果魔法疾病與傷害醫院、古靈閣銀
行，以及惡名昭彰的魔法監獄阿茲卡班。

魔法部（M.O.M.）於1707年正式成立，
是管理英國的魔法社區。
它位於倫敦市中心地底下，
主要職責是保護魔法世界並對麻瓜保密。

參訪魔法部

訪客必須從由魔法部上方的
一座電話亭進去：

1 撥號碼 62442
2 說出你的姓名和接洽的業務
3 從退幣口取出一枚訪客的銀色徽章
4 然後電話亭會像電梯一樣下降到中庭

員工從中庭的壁爐進去。
當需要額外安全保障時，員工必須
從一間公共廁所的秘密入口將他們自己沖下去。
廁所內是骯髒的黑白磁磚，
但入口標識是金色的。

魔法部長

哈利波特就讀霍格華茲期間
遇見過四位部長：
康尼留斯‧夫子、
盧夫‧昆爵、
派厄思‧希克泥，
以及金利‧俠鉤帽。
第一任魔法部長是
尤力克‧岡普。
他的肖像畫掛在
麻瓜總理的書房裡，
以便於利麻瓜世界緊急連絡。

162

正氣師

**正氣師是專門捉拿黑巫師的人，
想成為正氣師的人必須：**

● 至少要修五個超勞巫測學科，
而且成績不得低於「超乎期待」。
建議的科目包括黑魔法防禦術、
變形學、符咒學和魔藥學

● 通過嚴格的人格與性向測驗，
內容涵蓋黑魔法防禦術的技巧和
良好的抗壓能力

● 還要多加三年的訓練與測驗，包括
隱藏與喬裝，以及潛行與跟蹤

「在上正氣師訓練課程的時候，
『隱藏與喬裝』這門課，
我可是完全不用準備就高分通過，
正點極了。」

小仙女‧東施

巫審加碼

巫審加碼為巫師高等審判庭
存在的時間比魔法部更久，
現今既是法庭又是評議會。
成員都穿在胸前繡著銀色「W」字樣的紫紅色長袍，
遵守「巫審加碼特許條例」，
對涉嫌違反巫師法的人進行審判。

阿不思‧鄧不利多擁有巫審加碼首席魔法師的頭銜。

其他魔法執法團隊包括魔法執法組、狼人獵捕局和霹靂巫師。

會噴出
滾燙熱茶的茶壺

會不斷縮小
的鑰匙

會把你的鼻子
夾住的糖鉗

會咬人的
茶壺

會回流的
馬桶

麻瓜人工
製品濫用

為了防止麻瓜發現魔法，對麻瓜的日用品施以魔法
並使用它們是違法的。亞瑟·衛斯理在麻瓜人工製品
濫用局見過形形色色被施了魔法的物品。

梅林勳章

自十五世紀以來
皆由巫審加碼頒授梅林勳章。

第一級
頒給擁有過人勇氣
或傑出魔法的人

● **阿不思·鄧不利多**
擊敗黑巫師葛林戴華德

● **康尼留斯·夫子**
事業傑出（自己封的）

● **亞圖拉斯·布萊克**
原因不明（正好在借給
魔法部大量黃金之後）

● **彼得·佩迪魯**
協助逮捕天狼星·布萊克

第二級
頒給擁有超凡成就
或努力的人

● **紐特·斯卡曼德**
表彰他對魔法怪獸的研究，也就
是對魔法動物學所做的貢獻

第三級
頒給對我們的知識
或娛樂蘊藏有貢獻的人

● **吉德羅·洛哈**
表彰他在文學方面
難以置信的成就

● **達摩克·貝爾比**
發明縛狼汁（勳章級別不明）

參閱第111頁阿不思·鄧不利多的梅林勳章

執法機構

> 「那是個意外啊！
> 我們並不會只是因為有人讓他的姑
> 姑漲成氣球，就隨隨便便把他們
> 關進阿茲卡班啊！」

康尼留斯·夫子

魔法部成立以來，
通過了多項法律與規章：

國際保密法令
（1689年在魔法部監督下首度在英國簽署）

1994年魁地奇世界盃出現許多違規行為，
有人穿著「完全符合麻瓜著裝標準」的衣服，
包括一個人穿溫伯黃蜂隊球袍，另一個人穿
斜紋軟呢套裝外加一雙高到大腿的橡皮靴

禁止為私人用途
施展伸展咒

妙麗·格蘭傑違反了這條法規，
她對一個小珠包施展伸展咒

未成年巫師
魔法合理限制法

聲稱哈利波特施展飛行咒
而破壞法令，但事實上哈利波特是
把瑪姬·德思禮漲成一個大圓球

禁止實驗性繁殖
（由紐特·斯卡曼德在1965年推動通過）

有人創造出一隻會噴火的雞，
違反了這項禁令

禁止對麻瓜物品
施以魔法

亞瑟·衛斯理改造一輛飛天汽車時
沒有違法，因為法律漏洞容許他
只要不是真的要開這輛飛車，
他就可以對它施魔法
（他的確施了伸展咒）

163

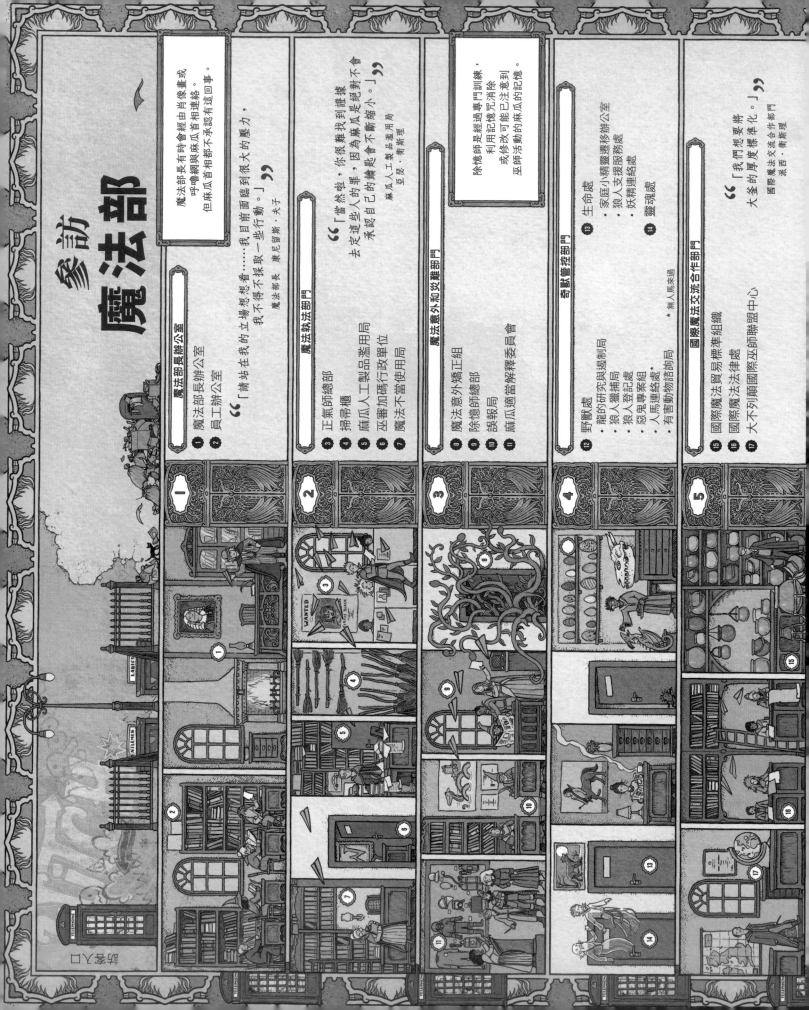

參訪 魔法部

魔法部長有時會經由肖像畫或哮嘮網與麻瓜首相連絡。但麻瓜首相都不承認有這回事。

1 魔法部長辦公室

「請站在我的立場想一想……我目前面臨到很大的壓力，我不得不採取一些行動。」
——魔法部長·康尼留斯·夫子

1 魔法部長辦公室
2 員工辦公室

2 魔法執法部門

「當然啦，你很難找到證據去定這些人的罪，因為麻瓜是絕對不會承認自己的鑰匙會不斷縮小。」
——麻瓜人工製品濫用局·亞瑟·衛斯理

3 正氣師總部
4 掃帚櫃
5 麻瓜人工製品濫用局
6 巫審加碼行政使用局
7 魔法不當使用局

3 魔法意外和災難部門

除憶師是經過專門訓練，利用記憶咒消除或修改麻瓜已能注意到巫師活動的麻瓜的記憶。

8 魔法意外矯正組
9 除憶師總部
10 誤報局
11 麻瓜適當解釋委員會

4 奇獸管控部門

13 生命處
· 家庭小精靈遷移辦公室
· 妖人支援服務處
· 妖精連絡處
14 靈魂處
· 有害動物諮詢局

12 野獸處
· 龍的研究與遏制局
· 狼人獵捕局
· 狼人登記處
· 惡鬼專案組
· 人馬連絡處*
*無人馬來過

5 國際魔法合作部門

「我們想要將大釜的厚度標準化。」
——國際魔法交流合作部門·派西·衛斯理

15 國際魔法貿易標準局
16 國際魔法法律組織
17 大不列顛國際巫師聯盟中心

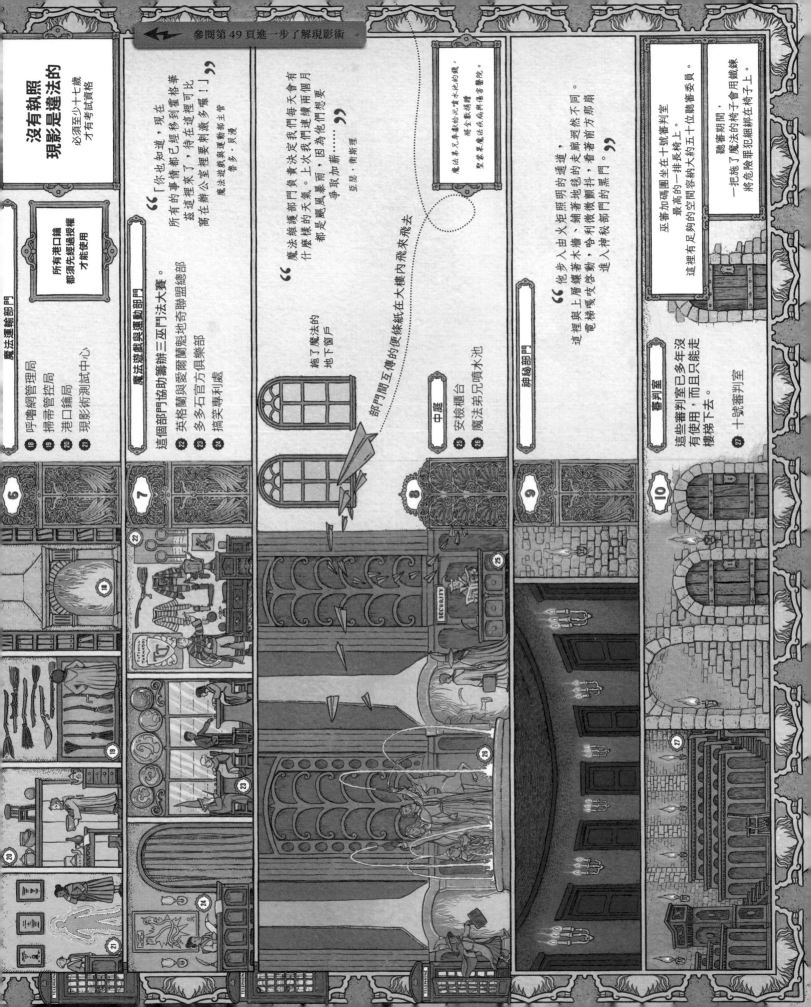

沒有執照的現影是違法的

必須至少十七歲才有考試資格

魔法運輸部門

18 呼嚕網管理局
19 掃帚管控局
20 港口鑰局
21 現影術測試中心

所有港口鑰都須先經過授權才能使用

魔法遊戲與運動部門

這個部門協籌辦三巫鬥法大賽

22 英格蘭與愛爾蘭魁地奇聯盟總部
23 多多石官方俱樂部
24 搞笑專利處

「你也知道，現在所有的事情都已經移交到霍格華茲這裡來了，待在這裡可比簡在辦公室裡要刺激多囉！」
— 魔法遊戲與運動部門主管 魯多·貝漫

魔法維護部門負責我們每天會有什麼樣的天氣。上次我們連續兩個月都是颶風暴雨，因為他們想要爭取加薪……
— 亞瑟·衛斯理

施了魔法的地下室窗戶

部門間互傳的便條紙在大樓內飛來飛去

中庭

25 安檢櫃台
26 魔法弟兄噴水池

魔法弟兄噴水池的雕像將金幣捐贈給聖蒙哥魔法病與傷者醫院。

神祕部門

這裡與上層照明的通道、鋪著木牆、鋪著地毯的夫廊迥然不同。

他步入由火炬照明的通道，哈利微微顫抖，看著前方那扇神祕部門的黑門。

審判室

這些審判室已多年沒有使用，而且只能走樓梯下去。

27 十號審判室

巫審加碼團坐在十號審判室最高的一排長椅上。這裡有足夠的空間容納大約五十位聽審委員。

聽審期間，一把施了魔法的椅子會用鐵鍊將危險罪犯綑綁在椅子上。

神秘部門

魔法部的地下九樓是個
奇特的地方，
一些被稱為「不可說」的員工
在這裡研究魔法最大的奧秘。

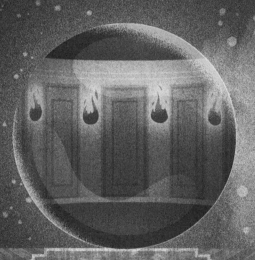

> 他們站在一個圓形的大房間裡，
> 這裡包括天花板和地板在內的所有東西，
> 全都是黑漆漆的。黑牆上環繞著一圈有固定間隔
> 距離排列的黑門，這些門看起來一模一樣，
> 上面既沒有標誌，也沒有門把，牆上間或點綴著
> 一簇簇燃燒著藍色火焰的蠟燭。閃爍不定的
> 清冷燭光，倒映在閃亮的大理石地板上，
> 使他們腳下彷彿踩著一汪黝黑的水潭。

圓形房間

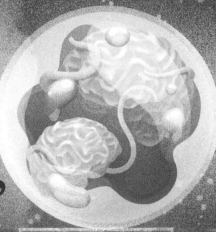

> 它們在綠
> 色的液體中
> 上下浮沉、忽
> 隱忽現，發出
> 詭異的幽光，
> 看上去就像是
> 一些黏答答
> 的花椰菜。

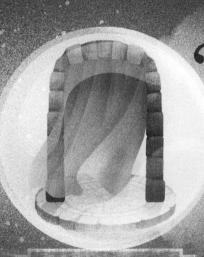

> 紗幕仍在
> 微微擺動，
> 彷彿有人
> 剛剛從這
> 裡穿過去
> 似的。

頭腦室　　　　　　　**死亡室**

> 「神秘部門裡有一個房間……
> 長久以來都鎖著。房間裡保存著一種力量，
> 它比死亡還要美妙和恐怖，它超越人類的智慧，
> 也超越自然的力量。比起魔法部裡所有的收藏，
> 它也很可能是最神秘的一門學科。
> 收藏在密室裡的這個魔法，就是你充分擁有
> 但佛地魔卻完全沒有的力量。」

阿不思・鄧不利多

上鎖的門

> 一枚如寶石般發光的小蛋，正隨著
> 那燦爛耀眼的氣流緩緩浮動。當它在鐘罐中隨著
> 氣流往上升時，蛋殼突然破裂，從裡面冒出一隻蜂鳥，
> 繼續被氣流帶動到鐘罐最頂端。當小鳥開始隨氣流
> 下降時，牠的羽毛就變得又溼又髒，等到整個
> 降落到罐底時，便再度閉合成了一枚蛋。

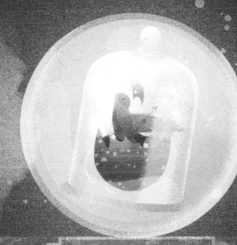

167

時光室

> 他們到了，
> 他們找到這
> 個地方了。像
> 教堂那麼高，
> 除了一排排高
> 聳的架子外，
> 其他什麼也沒
> 有，架上擺滿
> 了沾滿灰塵的
> 小玻璃球。

S.P.T. 給 A.P.W.B.D.
黑魔王
與(?)哈利波特

> 其他人也走
> 過來圍在哈
> 利身邊，望
> 著那顆圓球，
> 看哈利把它
> 上面沾黏的
> 灰塵擦乾淨。

預言廳　　　**第九十七排**

古靈閣 巫師銀行

訪客可以在此用麻瓜錢換巫師貨幣

進來吧，陌生人，不過
你得當心貪婪之罪招致的後果
那些想要不勞而獲的懲罰
必將遭受到最嚴厲的懲罰
如果你意圖盜來我們的地下金庫
一份永不屬於你的財富，
竊賊啊，你已受到警告
當心招來寶藏之外的噩運。

古靈閣
在斜角巷內
非常著名

「他們說，那些防護最嚴密的
地下金庫，都有龍在前面看守，而
且你還得先找到好幾百哩的地方——古靈閣是在
倫敦地鐵下好幾百哩的地方，懂了吧，比
地下鐵要深得多啦。就算你想辦法偷到
了某些東西，在你找到路出來之前
早就餓死了。」
——魯霸·海格

衛斯理家族
金庫

他們踏進了一道狹窄的石廊，牆上懸掛著
燃燒的火把。這條石廊是一條陡峭的下坡
路，地上還有一列小鐵軌。拉環吹了一聲
口哨，一輛小推車猛地衝到了他們面前。
三個人爬上車——然後對海格說有些困難
——然後出發上路。

拉環打開鐵門，從裡面冒出許多
綠色的濃霧，霧氣消散之後，
哈利不禁屏住氣息。
裡面是成堆的金幣、銀條，

要進入金庫，
客戶必須帶他
們的鑰匙（如
果有的話），
再由陪同人員
護送進入銀行
深處的隧道。
金庫就隱藏在那

天狼星·布萊克
金庫

古靈閣
非法闖入事件最新報導

相關人士正在繼續調查發生於七月三十一日的古靈閣非法闖入事件，一般認為闖入者並無所獲，闖入的金庫在當日稍早時已經清空。

這顯然是某位不知名黑巫師或是女巫所策劃的行動。

古靈閣的妖精們今日再度堅稱闖入者一無所獲，事實上已在當日稍早被提領一空。

「不過我們不會告訴你們，裡面究竟放了些什麼東西，所以別再跟我們囉嗦，」一名古靈閣的發言人今日下午表示。

雷斯壯家族
金庫

波特家族
金庫

魔法石
713

「退後一步。」拉環很了不起地說，他用一根長手指溫柔地撫摸大門，而門就這樣融化了。

現形瀑布

瀑布會洗掉所有魔兒，洗掉一切隱藏的魔法，是抓冒牌竊賊的理想設施

最古老的巫師家族將他們的寶藏存放在最深處，那裡的金庫最大，保護也最好

阿茲卡班監獄

阿茲卡班堡壘即巫師監獄，
矗立於北海中，
是關押一些最惡名昭彰的巫師的地方。

> 「阿茲卡班堡壘位於一個小島上，
> 四周是一望無際的海洋，但牠們不需要用
> 城牆或是海水來關住囚犯，因為犯人全都
> 被困在自己的腦海裡，完全無法想到任何
> 愉快的念頭。大部分人在短短
> 幾個禮拜中就瘋了。」

雷木思・路平

阿茲卡班所在的那個北海島嶼
從未出現在任何地圖上，
不管是麻瓜地圖或魔法地圖

阿茲卡班從十五世紀就存在了，
最初是一個鮮為人知、
名叫埃克里茲迪的巫師的家。

埃克里茲迪去世後，
他對阿茲卡班所施的
隱藏咒消失了，
魔法部才發現它的存在

官員們意識到這裡有
大批催狂魔出沒，
牠們被黑魔法帶來的
悲慘與痛苦吸引而來，
島嶼因此被棄置了許多年。

1692 年國際保密法令
開始實施之後，
十八世紀一位魔法部長
達摩克・羅爾決定
以阿茲卡班作為地勢偏遠
且隱蔽的巫師監獄，
並利用催狂魔充當它的守衛。

阿茲卡班的催狂魔

「催狂魔是世界上最邪惡的生物之一。」

雷木思・路平

在那原本應該是眼睛的方，
只有一層斑斑點點的薄皮，
緊繃住空洞洞的眼窩。
但那裡卻有一張嘴……
一個張開的醜陋凹洞，
正發出有如死前喘鳴般的
用力吸氣聲。

● 催狂魔是阿茲卡班的
守衛，牠們在黑暗、骯
髒的地方茁壯成長，以周
圍的人的絕望情緒為食

● 牠們是盲目的，但能感知
周圍環境的情緒，
吸走和平、希望與快樂

● 催狂魔不會被惡作劇、偽裝，
或甚至隱形斗篷愚弄

● 與催狂魔相處太久會耗盡女巫
或巫師的魔法力量，
而且幾乎能使他們陷入瘋狂

● 任何人在催狂魔面前都會感受到一股強烈的
寒意，聽到唏哩呼嚕響的深呼吸，聞到一股腐臭
的氣味。沒有人看過催狂魔的臉，因為牠們總是穿著
連帽斗篷，只有在執行「催狂魔之吻」時才會摘下帽子

● 催狂魔之吻是催狂魔的終極武器，
牠們會咬住被害人的嘴，
然後吸出他的靈魂

173

「牠們只要有一、兩百人困在牠們
身邊，讓牠們能把那些倒楣鬼的快樂
全都吸光就行了，牠們才懶得
去理會誰有罪誰沒罪呢。」

魯霸・海格

【已知】越獄

根據魔法部的官方說法，幾乎沒有人從阿
茲卡班越獄過。然而，即使是魔法部也
無法隱瞞最著名和最大膽的一次脫逃事件
——1993年天狼星・布萊克單槍匹馬躲
過催狂魔越獄成功。

「以前從來就沒人能逃出阿茲
卡班，對吧，老爾？打死我也想
不出他究竟是怎麼辦到的。」

史坦・桑派

布萊克依然在逃

魔法部於今日證實，天狼星・布萊克，
這名或許是阿茲卡班有史以來最惡
名昭彰的囚犯，目前依然尚未被捕。

「我們目前正竭盡全力，想辦法盡
快將布萊克再度逮捕歸案，」魔法部
長康尼留斯・夫子於今天上午表示，
「而我們要在此呼籲，請魔法社會大
眾們盡量保持冷靜。」

夫子日前因向麻瓜首相示警，而
遭受到幾位國際巫師聯盟成員的批評。

「好吧，坦白說，難道你們不了
解，我是不得不這麼做嗎？」夫子煩躁
地表示，「布萊克是個瘋子。不管是麻瓜或是魔法族群，
只要惹上他都會有危險的。我要麻瓜首相對我擔保，絕對不會對任何人
透露布萊克的真實身分，但讓我們面對現實吧——就算他不小心說漏了
嘴，又有誰會相信呢？」

 唯一能打敗催狂魔的方法是施展護法咒，到158頁了解更多詳細資訊

「鄧不利多創建的，也由他負責，
成員是上次一起對抗
『那個人』的人。」

妙麗·格蘭傑

阿不思·鄧不利多
創建者

麥米奈娃

雷霸·海格

查理·衛斯理

弗雷·衛斯理

喬治·衛斯理

亞瑟·衛斯理

茉莉·衛斯理

比爾·衛斯理

賽佛勒斯·石內卜

阿不思·鄧不利多
在第一次魔法界大戰
期間創立鳳凰會
以對抗佛地魔。

小仙女·東施

雷木思·路平

阿拉特·「瘋眼」穆敵

金利·俠鈎帽

花兒·戴樂古

莉莉·波特

天狼星·布萊克

哈利波特

詹姆·波特

鄧不利多指導鳳凰會成員
利用他們的護法彼此互相連絡，
女巫或巫師都不能召喚出別人的
護法，因此不會有成員之間
傳遞假訊息的危險。

榮恩·衛斯理

妙麗·格蘭傑

波得·佩迪魯

鳳凰會

改革後的鳳凰會
有舊的和新的成
員，但只能由成人
巫師組成。

阿不思·
鄧不利多是
鳳凰會的守密人，
除非他親自告訴他們
地點在哪裡，
否則誰也找不到。

三巫鬥法事件
發生後大約一小時，
鄧不利多便
召集鳳凰會。

蒙當葛·弗列契

愛麗絲·隆巴頓

阿拉貝拉·

法蘭克·隆巴頓

伊美玲·旺司

開多·狄本

馬琳·麥金農

迪達勒斯·迪歌

艾加·波恩

艾飛·道奇

史特吉·包真

班吉·方緹克

翼邊·普瑞

朵卡·麥道

吉昂·普瑞

阿波佛·鄧不利多

黑絲靈·鐘斯

參閱第80頁進一步了解鳳凰會總部

怪獸、靈性生物
與
植物

麻瓜看不到的自然世界是危險又壯觀的，還有無窮盡的驚人意外。一家由巫師寵物、害獸、龍和水生物組成的奇獸動物園正等著你。了解藥草學、奇獸飼育學，以及這個世界上哪裡可以找到各種形狀與大小的奇幻怪獸。那些膽子大的人甚至可能想知道，禁忌森林的神秘陰影中潛伏著什麼……

各種顏色的貓

巫師寵物

奇獸動物園

> 「妳想來趟
> 長途飛行嗎？」

嘿美
～ 主人 ～
哈利波特

> 「所有的小孩都想要
> 有一隻貓頭鷹，牠們有用得很，
> 可以替你送信、送包裹。」

魯霸·海格

海格
送的禮物，
在咿啦貓頭鷹
商場買的

哈利在
《魔法史》中
找到「嘿美」
這個名字

← 霍格華茲裡
唯一的雪鴞

拿樂絲太太
～ 主人 ～
阿各·飛七

↗ 巡邏
霍格華茲走廊

妙麗在斜角巷的
奇獸動物園買下牠

喜歡追逐
蜘蛛、老鼠、
地精和金探子

一半貓與
一半獅尾貓
的混種，
非常聰明，
能辨識化獸師

歪腿
～ 主人 ～
妙麗·格蘭傑

> 「陽光，雛菊，甜奶油，
> 將這隻胖笨老鼠變成黃油油。」

派西以前的
寵物

從未顯示出
一丁點兒
有趣的能力

> 「歪腿好聰明唷，
> 那是你自己
> 抓到的呀？」

斑斑
～ 主人 ～
榮恩·衛斯理

霍格華茲允許學生攜帶哪些寵物？答案在 19 頁

能在一道火光中
瞬間消失又出現

和大部分鳳凰一樣，
佛客使生性溫和，
而且非常內向

奈威的叔公阿吉送他的
霍格華茲入學禮物

奈威老是把牠搞丟，
甚至在他第一次搭乘
霍格華茲特快車時也是

吹寶
～主人～
奈威·隆巴頓

「喂，回來，
吹寶！」

會採取行動
保護鄧不利多
和對他忠誠的人

佛客使
～夥伴～
阿不思·鄧不利多

弗雷和喬治
為衛氏巫師法寶店
繁殖的

阿洛
～主人～
金妮·衛斯理

「鳳凰真的是非常迷人
的生物。牠們載得動非常沉重
的東西，牠們的眼淚可以治
病，而且牠們也是非常
忠心的寵物。」

金妮的
迷你毛毛球

天狼星送的禮物，
小到可以放進掌心裡
的迷你貓頭鷹

金妮給牠
取的名字。
榮恩想改名，
但已來不及

豬水鳧
～主人～
榮恩·衛斯理

喜歡在人的頭上
飛著打轉
並嗚嗚啼叫

「給我閉嘴，
小豬。」

愛落
～主人～
衛斯理家族

老是在
送信時昏倒

赫密士
～主人～
派西·衛斯理

衛斯理家的
老貓頭鷹

派西的鳴角鴞

成為級長
所得到的禮物

家庭害獸

常見的魔法害獸有許多解決辦法
（請參考《吉德羅‧洛哈的家庭害獸指南》），
但情況嚴重時，
可能需要請魔法部奇獸管控部門（害獸小組）前來處理。

會發出一種只
有其他綠仙
才聽得懂的
高亢尖銳的
吱吱喳喳聲

> 只有弗雷、喬治、哈利和榮恩
> 知道聖誕樹頂上的天使是花園地精，
> 這個地精在弗雷去拔聖誕晚餐用的胡蘿蔔時，
> 咬了他的腳踝一口。

主要分布在
英格蘭的
康瓦耳郡

驅逐方法：把牠抓
起來用力甩個幾
圈，甩到牠頭昏眼
花再扔出花園牆外

常見的居家害獸，
在北歐和北美各地
極為普遍

愛捉弄人
和惡作劇

綠仙

咒語
「皮斯克皮克斯‧
皮斯特諾米」
對綠仙
一點用也沒有

地精

原名是
「花園精靈」

沒有翅膀卻會飛，
喜歡趁人不注意時抓住對
方的耳朵，把他們提起
來，丟到樹木或屋頂上

魔貂會追趕牠們。
魔貂是一種
發育過剩的雪貂，
以言語粗魯聞名

> 牠們抓起墨水瓶，朝著學生們亂潑亂灑、
> 把書本和紙張撕成碎片、
> 扯下牆上的海報圖片、
> 倒出垃圾桶裡的髒東西、
> 搶過背包書本，從砸碎的窗口扔出去；
> 在短短幾分鐘之內，教室裡就有一半學生
> 都躲到了書桌底下，而奈威卻是整個人掛
> 到了天花板的大燭台上，
> 無助地在空中搖來盪去。

第82頁「洞穴屋」外有更多地精資訊

有兩排
毒牙 →

可以用
除黑妖精劑
驅趕，
能暫時使牠癱瘓

會跑到沒有清乾淨
的大釜裡頭，
盡情享用
殘留的魔藥

會寄生在
長尾犬和報喪鴉
這類怪獸的
毛皮和羽毛上

會攻擊
魔法物品，
比方像魔杖

← 以大批出沒並
侵擾巫師家庭
聞名

在找不到
魔法物品的情況下，
牠會被麻瓜的
電力吸引，
這也許是許多
相當新的麻瓜電器
用品經常故障的原因 →

吞魔蟲

最高不超過二十分之一吋

↑ 一次產卵
多達
五百顆，
然後會將卵
埋起來

被魔法吸引的
寄生蟲

黑妖精
又名咬人精

喜歡黑暗、封閉的空
間，沒有人曉得幻形
怪獨處時是什麼模樣

幻形怪

咒語「吐吐，荒唐！」，可以逼牠變
成一種會讓你覺得好笑的形體，
最終便被笑聲擊敗

「現在我要請你們大家
花些時間，想想看你們
心裡最害怕的
是什麼東西，
然後再發揮一點想像力，
看要用什麼方法讓牠
變得很滑稽……」

雷木思·路平

會改變形體，
變成被牠纏上的受害者
心裡最害怕的東西

常爬到
地板底下
和踢腳板後面

吃灰塵
維生

可以用
去污咒
來清除

綠黴怪

發出一股
腐敗的
臭味

寄生房屋中，
牠的分泌物
會腐蝕地基

挪威脊背龍

比牠的威爾士
同類兇猛許多

每一隻龍
都需要大概
一百平方哩的
勢力範圍

布里底黑龍

體長
長達三十呎

主要獵食
山羊、綿羊，
有時甚至是人類

噴火範圍
可達五十呎

除非是餓了，
否則不輕易開殺戒

住在山谷裡，
而不是山上

紐澳
彩眼龍

龍

"在所有的魔法怪獸當中，
最知名的大概就是龍了，
而牠也是最難隱藏的
幾種怪獸之一。"

體重約莫
兩到三噸重

以噴出蕈狀火焰
而得名

瑞典
短吻龍

牠噴出來的火焰
能在幾秒鐘內
使木材或骨頭
化為灰燼

中國
火球龍

有時
又被稱為
獅龍

噸位
約二到
四噸重

喜歡住在
人煙稀少的
山區

性情兇猛，
但比起大部分的龍，
牠對同類顯得
友善得多

匈牙利
角尾龍

可能是所有
種類的龍當中，
最危險的一種

會先用
牠的角
把獵物刺穿
再噴火烤

請注意您自身的安全：
這些龍不是按比例繪製

魔法界正推動
一項特別的
育種計畫
以增加
牠的數量

羅馬尼亞
長角龍

吼聲極容易辨認，
並且出奇地悅耳

威爾士
綠龍

所有的龍當中
體型最小的，
體長約十五呎

若看到山羊與牛
一定不會放過，
並且嗜吃人類

飛行速度
最快

秘魯
毒牙龍

棲息在較高的
威爾士山區

會攻擊大部分的
大型陸地哺乳類，
還會獵捕水生動物

極端危險，
可能在落地時
把建築物踩扁

飛行速度比
其他同類要慢

烏克蘭
鐵腹龍

幼龍比其他種類的龍
更早開始噴火
（約一到三個月大時）

所有的龍當中
體型最大的，
重達六噸

挪威脊背龍

「各位先生，各位女士，我們目前已做出結論。人魚女首領魔克絲剛才把湖底發生的事情，全都告訴我們了，我們決定以五十分為滿分，來為每一位鬥士評定分數，成績如下……」

魯多·貝漫

人魚

又名海妖、海精、水妖

全世界到處都有，社會極有組織

對巫師或麻瓜極不友善，不過人魚卻有本事馴服牠們

史上最早記載的人魚被稱為海妖（在希臘）

滾帶落

水中怪物

手指很長，握力很強

大烏賊

被人魚視為害獸，牠們會把牠有彈性的兩條腿打結，這樣牠就會隨波逐流漂走，直到牠把腿解開之前都回不來

長腿魚

會咬在湖裡的游泳者的腳和衣服

在湖底找尋食物，最喜歡吃水蝸牛

火螃蟹

斐濟的特產

受到攻擊時，會從身體尾端噴出火焰

主要在歐洲沿海的石岸地帶出沒

霉蝦

被牠咬過的人會沾上一身霉氣，時間長達一個星期

吃甲殼動物，誰要是笨到踩到牠，牠會張嘴咬那個人的腳

海葵鼠

分布在英國海岸地帶

錨魚

具有極強的魔力，能夠像錨一樣固定船隻，是海員的守護神

牠的刺會劃破漁網

產於印度洋

出沒於大西洋

刺蝟魚

十九世紀時，一群麻瓜漁夫對一群航海的巫師不敬，因此巫師造出這種魚來教訓他們

水生物

出沒於大西洋、太平洋，
以及地中海海域 →

海蟒

儘管歇斯底里的麻瓜
指控歷歷，卻從未聽說
牠們曾經殺害任何人類

原產於希臘，
通常在地中海海域
出沒

馬魚

牠們產的蛋很大，
半透明，可以看見
裡頭的馬蝌蚪

水筆妖

人魚
以水筆妖
為武器 →

棲息在
北海深處 ←

當受到威脅時，
牠會對攻擊者噴出毒液

力氣很大，
但腦袋空空 ↘

不管野獸或人類
牠都吃 ↓

原產於斯堪地那維亞、
英國、愛爾蘭，
以及北歐 →

河濱山怪

體重
超過一噸 ↗

如果騙牠彎腰，
牠頭頂上凹陷處盛的水就會流掉，
精力也會隨之流失

河童
日本的水中怪物

以人血為食，
不過若是有人將名字刻在小黃瓜上
再扔給牠，牠就不會去傷害那個人

世界最大的水怪
出現在蘇格蘭的
尼斯湖

會幻化成許多不同模樣，
但大部分時候以馬的樣子
出現，馬鬃以蘆葦替代

會引誘沒有
警覺心的人騎上牠
的背，然後沉入
河底或湖底

水怪
英國和愛爾蘭的
水中怪物

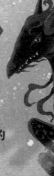

你能在第 39 頁找到這種著名的水怪嗎？

185

奇獸飼育學

> 海格站在木屋前面等他的學生。他穿著鼴鼠皮長外套站在門前，獵豬犬牙牙蹲在他的腳邊，而他臉上露出一副等不及想要快點上課的表情。

要打開
《怪獸的怪獸書》，
必須順著它的書脊
往下摸

如何馴服鷹馬

走向鷹馬，
持續注視牠的眼睛，
忍著不要眨眼。

先鞠躬，
等候鷹馬也鞠躬回應。

不可以拍鷹馬。

騎鷹馬時，得從牠的翅膀
連接處爬到牠背上，
不要扯掉牠的羽毛。

抱緊

最愛的食物

鷹馬： 昆蟲、鳥類和小型哺乳類，如雪貂

木精： 木蝨、昆蟲或仙蛋，如果找得到的話

黏巴蟲： 萵苣，但避免吃太多

火蜥蜴： 火焰，如果餵牠們吃胡椒，可以在離火的情況下活六小時

騎士墜鬼馬： 生肉，會被血腥味吸引

阿不拉薩馬： 單一麥芽威士忌

爆尾釘蝦： 至今仍是個謎。可嘗試餵牠螞蟻蛋、青蛙肝、草蛇、龍肝，或火蜥蜴蛋

爆尾釘蝦計畫

目的： 將爆尾釘蝦從小養到大。學生們必須餵牠們吃東西，帶牠們去散步，並試著讓牠們冬眠

挑戰： 爆尾釘蝦不斷攻擊學生和自相殘殺

來源： 海格不肯說

魔法特性： 不明

防禦機制： 從尾巴發射火花、螫刺、吸盤

大小： 小時候大約六吋長，長大後長達十呎

爆尾釘蝦數量

九月： 剛孵出時有數百隻

十一月： 剩下二十隻

十二月： 減少到十隻

隔年春天： 只剩下兩隻爆尾釘蝦……

> 「牠們越長越大囉，現在就快要長到三呎長了。
> 但麻煩的是，
> 牠們現在又開始自相殘殺了。」

魯霸・海格

187

魔法部奇獸管控部門將所有怪獸、靈性生物及鬼魂，分成五個級別

或是所有海格喜歡的動物

XXXXX	可怕的巫師殺手／毫無可能加以訓練馴服
XXXX	危險／需具備專業知識才能接觸／受訓過的巫師可能可以對付
XXX	合格的巫師應足以對付
XX	無害／可以馴養
X	乏味

獨角獸

> 「獨角獸只喜歡被女人摸。女生全都
> 排到前面來，然後再小心朝牠走過去。
> 走吧，放輕鬆點……」

薇米・葛柏蘭教授

獨角獸不好抓！你可以試著去森林裡尋找……

獨角獸 的角、血及毛都具有極強的魔力

剛生下的小獨角獸是金色的，
兩歲時變成銀色，
七歲長成之後變成白色

牠們的挖掘具有破壞性，可能摧毀房屋

海格的寵物

誰不想養一個同時會灼人、刺人和咬人的寵物呢？

毛毛
巨大的三頭狗

「是呀——牠是我的狗——是我去年在酒吧裡跟一個希臘小伙子買來的，我把牠借給鄧不利多來看守——」
「看守什麼？」哈利急切地問。
「夠了，不要再問我了，」海格粗聲說，「那是最高機密，懂了吧。」

← 兇猛的守護者

慢慢地，三頭狗的咆哮逐漸停止——牠蹣跚地晃了一晃，膝蓋一軟跪了下來，然後砰地一聲倒在地上，呼呼大睡。

↑ 一聽到音樂就呼呼大睡

由海格從蛋裡孵化出來。
← 這枚蛋是他在豬頭酒吧和一個神秘的陌生人玩牌時贏來的

「牠咬我的時候，海格竟然怪我嚇到了牠。
我走的時候，他還在唱搖籃曲哄牠睡覺呢。」

榮恩·衛斯理

蘿蔔
挪威脊背龍

「真了不起，你看，牠認得牠的媽咪耶！」

魯霸·海格

牠有自己的泰迪熊 ↘

每隔半個鐘頭餵牠一桶 ← 摻了雞血的白蘭地，一個星期就能長到三倍大

↑ 被查理·衛斯理的朋友帶去羅馬尼亞

巴嘴
鷹馬
後改名叫「枯翅」

喜歡吃
一大盤雪貂

「現在聽著，碰到鷹馬，你們得知道的第一件事，就是牠們驕傲得很。」海格說，「鷹馬是很愛生氣的，千萬不能對牠們沒禮貌，因為這樣倒楣的可是你們自己。」

巴嘴是海格在奇獸飼育學第一堂課中展示的奇獸之一

「鷹馬展翅飛向天空……哈利目送他們離去，鷹馬和騎士的身影變得越來越小……然後一片雲彩緩緩飄過月亮……他們真的走了。」

由海格從蛋裡孵化出來，藏在霍格華茲的碗櫥裡

很多
口水

阿辣哥
蜘蛛精

牠是個
膽小鬼

「在我還是個蜘蛛蛋的時候，一個旅人就把我送給了海格。海格當時只是個小男孩，可是他照顧我，把我藏在城堡的一個碗櫥裡，拿餐桌上吃剩的食物餵我。海格是我的好朋友，也是一個很好的人。」
阿辣哥

牙牙
巨大的獵豬犬

常跟海格在一起，
非常熱情

和牠的老婆嫫沙及家人
住在禁忌森林裡

「要是有人想要找到一些**東西**，
他們只要跟著**蜘蛛**走就成了。
這樣他們就一定會找到！
我要說的就只有這些。」

魯霸·海格

THE
FORBIDDEN
FOREST
禁忌森林

1
人馬
翡冷翠、如男、禍頭及瑪哥仁
（從左到右）

2
玻璃獸

3
木精

4
獨角獸
成獸和幼駒

5
巨人
呱啦

6
騎士墜鬼馬

7
蜘蛛精
阿辣哥和嫫沙

禁忌森林長滿了樹木，
例如橡樹、山毛櫸和松樹，
閒逛的人還可以找到
接骨木、冬青、藤蔓和柳樹。

傳言說，有人還在森林裡
看見過其他生物，包括狼人，
甚至一隻狗靈……

藥草學

參見第 74 頁的水生植物魚鰓草

跳跳蕈

> 在快到達溫室時，
> 他們看到一大群學生站在門外，
> 等著芽菜教授來開門。

> 「毒觸手、魔鬼網、食肉藤豆莢……
> 是的，我真想看看食死人
> 怎麼跟它們作戰。」
>
> 芽菜教授

膨豆莢
豆子如果掉在地上
會迅速開花

毒觸手
它會嘎嘎響的種子
是魔法部三級禁售品

飄紅花
一種無害的植物，
但不要跟魔鬼網混淆了

擁有者
奈威・隆巴頓

神奇的地中海水
生植物及其特性

惡人掌
會對任何刺激它的人
發射臭樹汁

食肉藤
一種食肉的植物

植株靜止時，
看起來像一截
無害的木頭

若有人試圖
拿走豆莢時，
它會長出藤蔓
攻擊他們

食肉藤的
豆莢很硬，
必須用尖銳的
東西刺穿它

食肉藤豆莢
新鮮現擠的最好

三號溫室裡面栽培著
一些更有趣，
但也更危險的植物。

警告

LIFE OF A MANDRAKE

魔蘋果的一生

六個月大
它們會變得
多愁善感，
神祕兮兮

幼苗
小魔蘋果的哭聲
能讓你昏迷
好幾個小時

青春期
注意：
喜歡開吵鬧喧嘩
的派對

魔蘋果藥
魔蘋果是
大部分解毒劑
都會用到的
主要材料

切開燉煮
收集魔蘋果汁

九個月大
開始搬進
彼此的花盆

成熟
完全成長的魔蘋果哭聲，
對聽到的人來說
有致命的危險

小心 謹慎

魔蘋果（又叫蔓參茄）
一種藥效非常強的解藥，
用來讓被變形或受詛咒的人
恢復原形

拍拍木
會動，
葉子會顫抖

泡泡莖
泡泡莖膿汁
能有效治療面皰

警告
未稀釋的膿汁
會造成膿瘡

魔鬼網
在黑暗潮濕的環境中
苗壯成長，
會抓住任何靠得太近的人

可能導致窒息

197

亞洲

河童

中國
火球龍

天馬

鳳凰

兩腳蛇

幻影猿

錨魚

"從最黑暗的叢林
到最明亮的沙漠、
從擎天山岳到無底沼澤……"

怪獸與

FANTASTIC BEASTS A

紅眼怪

啞鳥

鳥形龍

貓豹

大洋洲

旋舞針

火螃蟹

秘魯
毒牙龍

紐澳
彩眼龍

泥怪

海蟒

美洲

刺蝟魚

附 錄

角色一覽表

出場順序有待商榷*

* 如有任何問題，請將您的投訴送至桃樂絲‧恩不里居，魔法部關心您

哈利波特：神秘的魔法石

威農‧德思禮 / 佩妮‧德思禮 / 達力‧德思禮 /
麥米奈娃教授 / 迪達勒斯‧迪歌 / 阿不思‧鄧不利多教授 /
魯霸‧海格 / 哈利波特 / 皮爾‧波奇斯 / 巴西紅尾蟒 / 阿拉貝拉‧費 /
湯姆 / 桃莉‧克羅克福特 / 奎里努斯‧奎若教授 / 拉環 / 摩金夫人 /
跩哥‧馬份 / 嘿美 / 蓋瑞克‧奧利凡德 / 茉莉‧衛斯理 /
派西‧衛斯理 / 弗雷‧衛斯理 / 喬治‧衛斯理 / 榮恩‧衛斯理 /
赫密士 / 金妮‧衛斯理 / 奈威‧隆巴頓 / 傲古‧隆巴頓 / 李‧喬丹 /
斑斑 / 推車女巫 / 妙麗‧格蘭傑 / 文生‧克拉 / 葛果里‧高爾 / 吹寶 /
胖修士 / 差點沒頭的尼克（敏西-波平敦‧尼古拉斯爵士）/ 西莫‧斐尼干 /
分類帽 / 漢娜‧艾寶 / 蘇珊‧波恩 / 泰瑞‧布特 / 曼蒂‧布洛賀 /
文妲‧布朗 / 米莉森‧布洛德 / 賈斯汀‧方列里 /
莫拉格‧麥克道格 / 慕恩 / 喜多‧諾特 / 潘西‧帕金森 / 芭瑪‧巴提 /
芭蒂‧巴提 / 莎莉-安‧波斯 / 莉莎‧杜平 / 雷司‧剎比 / 血腥男爵 /
賽佛勒斯‧石內卜教授 / 皮皮鬼 / 胖女士 / 阿各‧飛七 / 拿樂絲太太 /
帕莫娜‧芽菜教授 / 卡斯伯特‧丙斯教授 / 菲力‧孚立維教授 /
牙牙 / 羅蘭達‧胡奇夫人 / 奧利佛‧木透 / 丁‧湯瑪斯 / 毛毛 /
莉娜‧強森 / 馬科‧福林 / 西亞‧史賓特 / 凱娣‧貝爾 / 阿尊‧布希 /
邁爾斯‧賴里 / 太倫‧西格斯 / 伊爾瑪‧平斯夫人 /
莉莉‧波特 / 詹姆‧波特 / 蘿蔔‧帕琵‧龐芮夫人 /
如男 / 禍頭 / 翡冷翠 / 大烏賊 / 佛地魔王

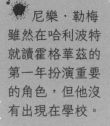

尼樂‧勒梅雖然在哈利波特就讀霍格華茲的第一年扮演重要的角色，但他沒有出現在學校。

我們第一次見到麥米奈娃時，她不是以女巫的姿態出現，而是她變形成的虎斑貓。

哈利波特：消失的密室

多比 / 梅森先生 / 梅森太太 / 亞瑟·衛斯理 / 愛落·魯休思·馬份 /
波金先生 / 格蘭傑先生 / 格蘭傑太太 / 洛哈·吉德羅教授 / 柯林·克利維 /
愛哭鬼麥朵（麥朵·華倫）/ 哭寡婦 / 派屈克·迪藍尼-波德莫爾爵士 /
阿尼·麥米蘭 / 法賽特小姐 / 奧羅拉·辛尼區教授 / 佛客使 / 潘妮·清水 /
阿曼多·狄劈教授 / 湯姆·瑞斗 / 阿辣哥 / 康尼留斯·夫子 / 蛇妖

哈利波特：阿茲卡班的逃犯

瑪姬·德思禮 / 殺手 / 天狼星·布萊克 / 史坦·桑派 / 爾尼·普蘭 /
馬許夫人 / 岱思特·福球 / 歪腿 / 雷木思·路平教授 / 卡多甘爵士 /
西碧·崔老妮教授 / 巴嘴 / 西追·迪哥里 / 安布洛修·胡倫 / 羅梅塔夫人 /
德瑞克 / 張秋 / 羅傑·達維 / 瓦林頓 / 蒙塔 / 德瑞 / 波爾 /
瓦頓·麥奈 / 彼得·佩迪魯 / 豬水鳧

天狼星·布萊克第一次遇見哈利是在哈利搭上騎士公車的不久前，但哈利當時以為自己看到的是狗靈。

本來要對巴嘴行刑的劊子手瓦頓·麥奈一後來成為食死人，並再次登場。

哈利波特：火盃的考驗

瑞斗先生 / 瑞斗太太 / 老湯姆瑞斗 / 小點 / 法蘭克·布萊斯 / 娜吉妮 /
比爾·衛斯理 / 查理·衛斯理 / 阿默·迪哥里 / 巴西爾 / 羅伯先生 /
凱文 / 斐尼干太太 / 阿奇 / 喀斯八·馬疾 / 基博·溫波 / 阿諾·皮思古 /
柏得·簿德 / 郭魯克 / 魯多·貝漫 / 老巴堤·柯羅奇 / 眨眨 /
保加利亞魔法部長 / 水仙·馬份 / 狄米楚 / 伊凡 / 左拉夫 / 雷斯基 /
伏強諾 / 傅可 / 維克多·喀浪 / 康諾利 / 巴利 / 雷恩 / 崔洛 / 穆莉 /
莫蘭 / 裴格力 / 愛丹·林奇 / 哈山·莫塔法 / 羅伯太太 /
丹尼·克利維 / 史都華·艾克利 / 馬康·巴達克 / 艾莉諾·布蘭東 /
歐文·高德威 / 艾瑪·多布 / 蘿拉·馬德利 / 娜妲莉·麥唐納 /
葛拉罕·普利查 / 奧拉·奎克 / 凱文·惠比 /
阿拉特·「瘋眼」穆敵教授 / 歐琳·美心夫人 /
伊果·卡卡夫教授 / 花兒·戴樂古 / 帕理柯 / 紫羅蘭 /
麗塔·史譏 / 怪姊妹 / 史特賓 / 薇米 / 葛柏蘭教授 /
佳兒·戴樂古 / 人魚女首領魔克絲 / 柯羅奇太太 /
小巴堤·柯羅奇 / 柏莎·喬金 / 迪哥里太太 / 阿波琳·戴樂古 /
艾福瑞 / 克拉先生 / 高爾先生 / 諾特先生

食死人向來以隱藏身分著稱，並傾向以兜帽和面具遮住他們的面孔，使人難以辨認。

有幾位巫師只出現在照片中，儘管他們在哈利波特的故事中仍然占有重要的地位。

哈利波特：鳳凰會的密令

莫肯 / 郭登 / 老蒙當葛・弗列契 / 小仙女・東施 / 金利・俠鉤帽 /
艾飛・道奇 / 伊美玲 / 旺司 / 史特吉 / 包莫 / 黑絲霞 / 鍾斯 / 布萊克太太 /
怪角 / 阿瑞 / 鮑伯 / 薄京 / 愛蜜莉 / 波恩 / 桃樂絲 / 恩不里居 /
露娜・羅古德 / 尤安 / 愛波 / 蘿絲 / 齊樂 / 阿波佛・鄧不利多 /
毛莉・邊坑 / 安東尼・金坦 / 麥可・寇那 / 災來耶・史密 / 埃拉教授 /
得麗・德溫教授 / 非尼呀・耐吉・布萊克教授 / 岱思特・福球教授 /
法蘭克・隆巴頓 / 愛麗絲・隆巴頓 / 賽普緹瑪・薇朵教授 / 泥腳夫人 /
奧古斯都・羅克五 / 鈍力 / 賴利 / 呱啦 / 瑪哥仁 / 溫順・馬治邦教授 /
月桂・綠茵 / 禿福教授 / 貝拉・雷斯壯 / 安東寧・杜魯哈 / 威廉生

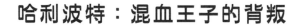

加拉塔克・伯克是魔法物品商店「波金與伯克氏」的創始人之一，他只出現在鄧不利多的儲思盆中。

哈利波特：混血王子的背叛

英國首相 / 尤利克・岡普 / 盧夫・昆爵 / 赫瑞司・史拉轟 /
薇若提 / 阿洛 / 羅咪・凡 / 寇馬・麥拉 / 馬卡・貝爾比 /
傑克・洛坡 / 鮑伯・歐登 / 魔份 / 剛特 / 魔佛羅・剛特 /
魔柔・剛特 / 賽西莉雅 / 狄梅莎・羅賓斯 / 吉米・皮克斯 /
芮奇・庫特 / 琳妮 / 加拉塔克・伯克 / 柯爾太太 / 烏夸 / 哈普 /
埃德・滑波 / 桑吉 / 微奇・推克羅 / 卡哇拉 / 花奇葩・史密 / 哈佳 /
艾米克・卡羅 / 艾朵・卡羅 / 焚銳・灰背

哈利波特的教子泰迪・路平只有在談話中被提到，沒有登場。

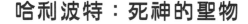

哈利波特：死神的聖物

牙克厲 / 慈恩・波八吉教授 / 塞溫・泰德・東施 / 美黛・東施 /
戴樂古先生 / 贊諾・羅古德 / 牡丹姑婆 / 索分・羅爾 /
瑪法達・霍克克 / 雷格・卡特摩 / 亞伯・藍孔 / 派厄思・希克泥 /
娃康妲 / 瑪麗・卡特摩 / 葛果羅威 / 蓋勒・葛林戴華德 /
芭蒂達・巴沙特 / 史卡皮 / 崔佛 / 馬流斯・波羅 / 亞蕊安娜・鄧不利多 /
灰衣貴婦（海倫娜・雷文克勞）/（小）莉莉・波特 / 阿不思・波特 /
（小）詹姆・波特 / 玫瑰・衛斯理 / 雨果・衛斯理 / 天蠍・馬份

阿波佛・鄧不利多第一次出現是在《哈利波特：鳳凰會的密令》中的豬頭酒吧，但哈利當時不知道他是誰，直到《哈利波特：死神的聖物》時方才明白。

歷任魔法部長

完整歌詞
〈衛斯理是我們的王〉

> 衛斯理球技不強，
> 他連一球都無法抵擋，
> 我們史萊哲林高聲歡唱，
> 衛斯理是我們的王。
>
> 衛斯理誕生在奧垃圾場，
> 看到快浮他就閃到一旁，
> 衛斯理使我們勝利在望，
> 衛斯理是我們的王。
>
> 衛斯理是我們的王，
> 衛斯理是我們的王，
> 看到快浮他就閃到一旁，
> 衛斯理是我們的王。
>
> 衛斯理球技不強，
> 他連一球都無法抵擋……
>
> 衛斯理是我們的王，
> 衛斯理是我們的王，
> 看到快浮他就擋到一旁，
> 衛斯理是我們的王……
>
> 衛斯理球技高強，
> 誰來射門他全能抵擋，
> 我們葛來分多高聲歌唱，
> 衛斯理是我們的王。
>
> 衛斯理是我們的王，
> 衛斯理是我們的王，
> 看到快浮他就擋到一旁，
> 衛斯理是我們的王……

哈利的第一批巧克力蛙卡片

阿不思·鄧不利多、莫佳娜、
木透克羅夫特的漢吉斯、
阿博瑞克·格倫尼恩、色斯、
帕拉瑟、梅林、克麗奧娜

顏色大小事

綠色

- 哈利有綠色的眼睛
- 哈利記得佛地魔企圖殺他時有現出一道綠光
- 史萊哲林的顏色是綠色和銀色，他們的交誼廳因位於湖底旁而泛著綠光
- 霍格華茲的信是用綠色墨水寫的
- 劫盜地圖上出現的文字是綠色的
- 麥教授穿一件翡翠綠斗篷
- 鄧不利多的墨綠色長袍上繡了許多星星和月亮
- 哈利的禮袍是深綠色的
- 衛斯理太太送哈利一件手織的綠色毛衣
- 哈利在古靈閣的金庫打開時，從裡面冒出綠色的濃霧
- 呼嚕粉使壁爐燒出鮮豔的翡翠綠火焰
- 高空爆出一蓬綠色的魔杖火花，信號通知哈利和保鑣們現在可以騎掃帚安全離開水蠟樹街
- 古里某街十二號的客廳有橄欖綠的牆壁和苔綠色的絲絨窗簾
- 索命咒「啊哇呾喀呾啦」發出的電光是綠色的
- 詛咒凱娣的貓眼石項鍊包裝紙內透出一束綠光
- 在山洞裡，載著鄧不利多和哈利越過湖泊的小船發出綠色幽光，將小船拉出水面的綠色銅鍊也泛著綠光。湖中央迷霧般的淡綠色光暈來自小島上的一個石盆，石盆內裝滿翡翠綠色的液體覆蓋著小金匣，散發出幽光
- 海格的摩托車有一個綠色按鈕，按下它會從排氣管噴出一道磚牆
- 史萊哲林的小金匣大小像雞蛋，上面用綠色的小寶石鑲嵌一個華麗的花體字「S」

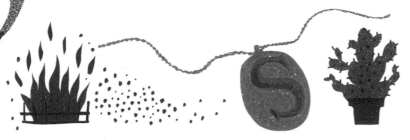

- 麗塔‧史譏寫給芭莎蒂‧巴沙特的便條是用刺眼的綠色墨水寫的
- 史拉轟教授穿的是翠綠色的絲質睡衣

紫色

- 鄧不利多穿著一件紫色斗篷，後來在開學宴上他穿的是點綴著銀色星星的深紫色長袍
- 奎若教授的頭巾是紫色的
- 康尼留斯‧夫子穿紫色的靴子
- 騎士公車是紫色的
- 鄧不利多為霍格華茲學生變出紫色睡袋
- 霍格華茲寄出的信有紫色的封蠟
- 吃了嘔吐糖片的橘色那一半，你就會吐；吞下紫色的那一半，你會恢復正常
- 古里某街十二號有一套紫色長袍曾試圖勒死榮恩
- 衛斯理太太穿一件拼布式的紫色晨袍
- 淡紫色的部門間的便條紙在魔法部大樓內飛來飛去
- 巫審加碼的女巫和巫師都穿著紫紅色的長袍，左胸前都有個細緻的銀色「W」字樣

- 魔法部印製發行一種有關保護家人避開黑魔法的紫色傳單
- 身為變形師，東施可以改變外表，有時候她會把頭髮變成鮮豔的紫羅蘭色
- 斜角巷以往五彩繽紛、閃爍生輝的櫥窗上，貼滿了魔法部發佈的提供保全建議的深紫色告示
- 史拉轟教授給哈利和奈威的邀請函是用紫色絲帶繫住羊皮紙卷
- 亞瑟‧衛斯理為海格的飛天摩托車增添的設計，包括一個會從排氣管噴出龍火的紫色按鈕
- 衛斯理家的惡鬼被施了魔法後全身長滿紫色的水泡，看起來像得了多發性點狀爛麻疹
- 為了哈利的十七歲生日晚餐會，妙麗用魔杖噴出金色和紫色的彩帶，掛在樹枝和花叢間
- 衛斯理太太穿著一套全新的紫色長袍和同色帽子參加比爾和花兒的婚禮
- 妙麗穿著一套飄逸的紫丁香色禮服，腳下踩著同色高跟鞋
- 婚禮帳篷裡有一塊長長的紫色地毯
- 魔法部地下一樓的走廊鋪著厚厚的紫色地毯
- 贊諾‧羅古德的茶是用鍋底根做的，深紫色的汁液，看起來像甜菜根汁
- 馬份家的客廳牆壁是深紫色

- 露娜告訴丁，有一種生物耳朵小小的，有點像河馬，只不過是紫色的，又毛茸茸的。她說，要是你想叫牠們，你得哼歌——牠們比較喜歡華爾滋，旋律不能太快……

魔法世界的價目表

從藥房購買閃亮的黑甲蟲眼珠	一杓 **5 納特**
呼嚕粉	一杓 **2 西可**
小精靈福利促進協會（小精靈福進會）入會費與徽章	**2 西可**
從豬頭酒吧買三瓶奶油啤酒	**6 西可**
向蒙當葛·弗列契買一袋魔刺蝟毛筆	**6 西可**
衛氏巫師法寶店的金絲雀奶油	一塊 **7 西可**
從藍月街到倫敦的騎士公車票價	**11 西可**
從古里某街十二號到霍格華茲的騎士公車票價	**11 西可**
從霍格華茲特快車上的推車買的一堆點心	**11 西可又 7 納特**
從藍月街搭乘騎士公車到倫敦，附一杯熱巧克力	**13 西可**
搭乘騎士公車附一個熱水袋，再附一把牙刷，顏色任選	**15 西可**
從寫字人羽毛筆店買一枝黑、金兩色的羽毛筆	**15 西可又 2 納特**
藥房賣的龍肝	一盎司 **16 西可**
在泥腳夫人的店喝兩杯咖啡	**1 加隆**
衛氏巫師法寶店的無頭帽	每頂 **2 加隆**
衛氏野火魔爆彈基本型火焰盒	**5 加隆**
哈利從奧利凡德買的魔杖	**7 加隆**
從華麗與污痕買一本《進階魔藥調配學》	**9 加隆**
向蒙當葛·弗列契買毒觸手種子（弗雷與喬治買來製造摸魚點心盒）	**10 加隆**
在魁地奇世界盃買的全效望遠鏡	**10 加隆**
變形徽章	**10 加隆**
薩拉札·史萊哲林的小金匣（加拉塔克·伯克從魔柔·剛特手上買下）	**10 加隆**
由魔法部現影術教師指導的為期十二週現影術班的費用	**12 加隆**
一品脫包你醒腦萬靈丹（埃迪·加米出售）	**12 加隆**
波金與伯克氏裡的一顆骷髏頭售價	**16 加隆**
銀色的獨角獸獸角	一根 **21 加隆**
一品脫蜘蛛精毒液（赫瑞司·史拉轟粗略估計）	**100 加隆**
一條波金與伯克氏的被詛咒的項鍊	**1,500 加隆**
天狼星·布萊克的人頭賞金	**10,000 加隆**
提供大量情報的賞金	**「一大袋加隆」**
哈利波特的人頭賞金	**10,000 加隆**
哈利波特加上他的魔杖（根據焚銳·灰背的說法）	**200,000 加隆**
葛來分多寶劍	**「一筆小財」**

 懸賞 哈利波特 賞金 10,000加隆

O.P.E.W

CANARD CREAM

基本型 火焰盒 野火魔爆彈

W W 無頭帽 本店 熱賣中

貓頭鷹信差

特別遞送

第一年

- 海格從他的口袋掏出一隻有些邋遢的貓頭鷹，然後寫信給鄧不利多，說他找到哈利了

- 一隻貓頭鷹將《預言家日報》送到岩石上的小屋給海格後，便開始攻擊他的外套，要索取送報費

- 嘿美一直到哈利抵達霍格華茲的第一個星期五才第一次送信，帶來海格請哈利去喝茶的邀請函

- 馬份的鵰鴞常常從家裡替他帶來一盒盒的餅乾糖果

- 一隻草鴞替奈威送來奶奶寄給他的記憶球

- 六隻大鳴角鴞帶來哈利的光輪兩千，是麥教授送給他的神祕禮物

- 海格派貓頭鷹去找詹姆和莉莉的老同學，請他們提供照片，製作了一本照相本送給哈利

第二年

- 一隻草鴞送一封禁止未成年巫師施展魔法的警告信給在水蠟樹街的哈利，並把信扔在梅森太太頭上

- 愛落將妙麗的信帶回洞穴屋後就昏倒在衛斯理家的椅子上

- 開學時，奈威的奶奶常把他忘了帶的東西寄給他

- 愛落帶來一封茉莉寄給榮恩的咆哮信後，墜入葛來分多桌上的一個牛奶罐

第三年

- 愛落在遞送榮恩送給哈利的一個小型測奸器期間失去知覺，被另外兩隻貓頭鷹護送飛到哈利的房間

- 一隻巨大的草鴞送來一封奶奶寄給奈威的咆哮信

- 豬水鳧替天狼星帶一封信給在霍格華茲特快車上的哈利，從此飛入榮恩的生活

第四年

- 天狼星利用色彩鮮豔的鳥類送信到水蠟樹街給哈利

- 哈利從水蠟樹街派嘿美向他的朋友們求助食物，妙麗寄給他一大盒無糖點心

- 愛落從洞穴屋送一個超大的水果蛋糕給哈利後，因旅途勞累，需要休養五天才能恢復

- 哈利十四歲生日那天，四隻貓頭鷹送來四個蛋糕，分別來自榮恩、妙麗、海格和天狼星

- 豬水鳧遞送魁地奇世界盃決賽邀請函給哈利

- 不斷有人送咆哮信到魔法部，派西最好的一枝羽毛筆被爆炸的咆哮信燒成焦炭

- 豬水鳧和兩隻學校的鳴角鴞共同帶著一整條火腿，送去給藏匿在活米村的天狼星

- 一天早上，一隻灰鴞、四隻草鴞、一隻褐鴞和一隻灰林鴞遞送黑函給妙麗，其中一個信封裝滿泡泡莖濃汁

- 弗雷與喬治利用一隻學校的草鴞，送一封勒索信給魯多·貝漫

- 在三巫鬥法大賽第三項任務之前，天狼星送哈利一張幸運卡：一張折起來的羊皮紙，上面蓋了一個泥巴狗腳印

第五年

- 一天晚上，一連五隻貓頭鷹衝進或墜入水蠟樹街，為哈利帶來魔法部的聽審會消息

- 妙麗向哈利借嘿美送信給她的父母，告訴他們她成為級長

- 貓頭鷹赫密士給榮恩帶來一封派西的信，警告榮恩魔法部與哈利不和

- 無數貓頭鷹降落在葛來分多餐桌上，帶來支持哈利的信函，以及一隻鳴角鴞帶來一本《謬論家》雜誌，裡面有哈利接受採訪的文章

第六年

- 魔法部派貓頭鷹散發傳單，包括對抗食死人的不太有用的安全建議

- 三隻漂亮的灰林鴞帶來哈利、榮恩和妙麗的普等巫測成績

第七年

- 在第二次魔法界大戰高峰期間，弗雷與喬治仍然用貓頭鷹郵購的方式，在牡丹姑婆家的密室裡做生意

。J.K.羅琳。

J.K.羅琳是長銷熱門小說《哈利波特》系列，以及多部獨立小說和一套暢銷犯罪小說系列的作者。1990年，她在一趟誤點的火車旅程上萌生哈利波特的靈感後，便開始策劃、撰寫此一系列七本小說，並於1997年在英國出版第一本《哈利波特：神秘的魔法石》，其後又花了十年才完成整部作品，包括2007年出版的《哈利波特：死神的聖物》。接著，紅極一時的改編電影隨之而來。哈利波特系列書籍至今已經以八十五種語言在全球銷售超過六億冊，並以有聲書形式被收聽超過十億小時。連同這個系列，羅琳還為慈善事業撰寫了三本外傳作品：與公益機構「Comic Relief」基金會和「Lumos」協同出版的《穿越歷史的魁地奇》與《怪獸與牠們的產地》，以及與「Lumos」協同出版的《吟遊詩人皮陀故事集》。《怪獸與牠們的產地》並持續激發新一系列以魔法動物學家紐特・斯卡曼德為主角的電影問世。哈利成年後的故事持續在戲劇《哈利波特：被詛咒的孩子》上演。這齣由羅琳創作，並與編劇傑克・索恩及導演約翰・帝夫尼共同合作的舞台劇，目前正在全球各地熱烈演出。

2020年，她以童話《伊卡伯格》回歸兒童出版業，將所得版稅捐贈給她自己創辦的「維蘭特」（Volant）慈善信託，並與眾多公益團體合作，希望能減輕新冠病毒Covid-19疫情造成的社會影響。她最新的兒童故事《聖誕小豬》在2021年出版。

羅琳的寫作獲得眾多獎項和榮譽，包括：大英帝國勳章和名譽勳位、國際安徒生大獎，以及一枚藍彼得金徽章。她透過「維蘭特」支持廣泛的人道主義，並且是國際兒童照護改革慈善機構「Lumos」的創辦人。羅琳與她的家人目前定居蘇格蘭。

想認識更多J.K.羅琳，
請造訪jkrowlingstories.com網站

·致謝·

·編撰者·

戴夫‧布朗（Dave Brown）– Ape Inc Ltd.、艾曼達‧卡洛（Amanda Carroll）、湯姆‧哈特利（Tom Hartley）、凱瑞‧伍茲（Ceri Woods）

Bloomsbury出版社的史蒂芬妮‧阿姆斯特（Stephanie Amster）、曼蒂‧亞契（Mandy Archer）、克萊兒‧巴格利（Clare Baggaley）、潔西卡‧貝爾曼（Jessica Bellman）、傑琪‧巴特勒（Jacqui Butler）、潔西卡‧喬治（Jessica George）、莎拉‧古德溫（Sarah Goodwin）、克萊爾‧亨利（Claire Henry）、蘿西‧默恩斯（Rosie Mearns）、潔瑪‧夏普（Gemma Sharpe）、艾比‧蕭（Abby Shaw）、傑登‧史奎爾（Jadene Squires）、丹尼爾‧韋布斯特-瓊斯（Danielle Webster-Jones）

The Blair Partnership的蘿絲‧弗雷瑟（Ross Fraser）與克洛伊‧華勒士（Chloë Wallace）

·插畫家·

·彼得‧高斯·

第 70–71, 72–73, 86–87, 90–95, 96–97, 118–119, 124–125, 130–131, 146–147, 168–169, 170–171, 172–173頁

·露易絲‧洛克哈·

第 40–41, 48–49, 52–53, 54–55, 56–57, 200–201, 202–203, 204–205, 206頁

·麥瑋桐·

第 16–17, 22–23, 24–25, 26–27, 28–29, 30–31, 32–33, 74–75, 76–77, 116–117, 136–137, 138–139, 144–145, 150–151, 166–167, 196–197頁

·奧莉亞‧慕薩·

第 18–19, 68–69, 78–79, 112–113, 114–115, 188–189頁

·范光福·

第 34–35, 44–45, 60–61, 62–63, 66–67, 120–121, 134–135, 142–143, 148–149, 162–163, 178–179, 180–181, 182–183, 184–185, 186–187, 198–199頁及封面插畫

·李維‧平弗德·

第 50–51, 98–99, 100–101, 102–103, 104–105, 126–127, 128–129, 156–157, 158–159, 174–175, 190–195頁

·托米斯拉夫‧湯米克·

第 10–11, 12–13, 20–21, 38–39, 42–43, 46–47, 58–59, 80–81, 82–83, 84–85, 106–107, 108–109, 110–111, 122–123, 140–141, 152–153, 154–155, 164–165頁